奧森巴赫之眼

楊君寧

名家——讚譽推薦

朱天心　林俊頴

陳怡真　舞鶴

駱以軍

我可以看到一個對臺灣心嚮往之、一往情深的創作者，以高度的文學性呈現她所不在場的臺北，並使我們從別的眼光反身來看我們置身其中、水深火熱的臺灣。

——朱天心

楊君寧對臺灣文學及文本裡人事時地物的一往情深，以及她鋒刃般的鑑識眼光，兩股蓄積久矣的強大內力，終於燒煉出這本窰變之作，神光離合，都是中文字的精魄。

——林俊頴

作者開始就點題，告訴我們為何要取名「奧森巴赫」，這是托瑪斯．曼（Thomas Mann）《魂斷威尼斯》的男主角姓名，點出這個中年男人在年輕的時候就有一種同性的情感，根據他隨意漫生的回憶和所到之處，經由一個中年男人的角色道出一些哲學性、思想性的人生感悟，讓人眼睛為之一亮。

這部作品最大的成就在於——文體、調性以及在這種敘述調性間不斷流動的韻律。在純文學領域裡一直有這樣的作品持續存在與出現，實在彌足珍貴；在這種高標的藝術層次寫個人生命內在的流動，而非寫外在的現象，它的純文學性是它最大的成就。

——舞鶴

目次

島若浮花　生離遲遲　終須分飛去
身如疊影　留白皎皎　禪心沾泥絮
重來時　且凝眉　殘山不教看　倦眼遮繾綣
……　……
雨過天青　錦年祕色　風煙日暮里
溯流而上　黑面琵鷺　憩遊曾文溪

——《不死謠》

寺外

寺內有納骨塔安眠著母親，寺外是曾經的少年獨立微雨中。槐香簌簌沾衣，疏鐘濕潤散落天外。寺廟一再改建重修，蟬蛻塵埃，逐漸逐漸模糊了最初撼動他內裡的容顏，但就像情人的輪廓心摹手追過太多次附體不去，皮相無妨衰損，骨相支離仍在。念京都奈良的寺廟們一逕小心翼翼維持古早唐式，精雅屍骸未有變異。此地之寺，磨洗千遍，本貌不失。他每每觀之，況味難言。

他也有很久不曾踏訪此寺了，上一回還是陪同海外歸來講學暫住的老師和師母。早年幼嫩習詩歲月，他蜷坐教室末排偷聽過老師的詩學理論。多年以後，他卻變成一個鬻故事為生之人。老師還留在詩國裡，半身已側入文學史，他一手建起的世界，寶相莊嚴。其實他早就疏淡人事，與舊時師友更乏往還，那次正好受邀演講，樂得溜回母校，恰巧遇到歸國的老師，一晤之下臨時被抓差，帶老師、師母走訪遊歷故城中一些富於文史意味的所在。老師拍拍他肩，半是慈愛半是慨然地說：「你都還沒變，那時就留長髮了。」他從鏡片後緩慢浮升起一漾羞赧之笑，照例悠悠然作答：「是啊，一直都留著。」

似他這般形相，當年走在校園裡自是觸目的，家中父兄也看不慣，祇有母親從來沒說過甚麼，亦不會催他去剪髮。母親認他是讀冊人，讀冊人有讀冊人的氣口。衣袋裡硬幣積得沉了，他又將這本來該作理髮之用的錢到舊書店去買書來讀。記憶中母親枯瘦之手，撫過他及肩髮尾再下滑至肩頭，在她臥床不起需要陪侍的晚歲，總是這樣推他叫他快回家去睡覺：「我這邊都妥，有事情再叫你。」他仍是放心不下，終究在母親床側地下鋪開睡墊，臥貓野營一般伸展手腳暫且趴伏於地小憩。母親念兒牽之招之，為何證之指腕，反轉化作逆向力道推送他離開，興許是要勸慰他速速走避暮年衰朽之地罷。

日後在城中一家茶店，與雅好詩文的老闆結緣，自此他偶去小坐，同其品茶講古。一日老闆神情端肅，並不如常招呼他，興味盎然沖泡茶葉，而轉身走進裡間拿出一個茶包，放在他面前案上：方方正正的紙包上是一位老婦人的黑白照片，笑顏飽滿擴展到四方形的邊框之外。老人白髮蕭然，短短髮梢披拂頰畔，雙頰紋路溝壑深深。「阿母過身兩年了，我做了這種茶紀念她。」他翻轉到茶包側面，果真是「阿母紅茶」四個縱書大字，背面且印滿了老闆自題的一首臺語詩《澎湖阿姑》，以寄懷悼亡母之思。「澎湖海風大，老人家都是滿早臉上就出現皺紋了。」天上落雨，地下飲茶。兩名喪母孤兒廢然對坐，不交一語。老闆的詩句，他不忍細讀。他是寫不出任何關乎母親的字句了，除了一次次回到寺內看望她，確認她還在那邊，浩渺人世水月蒼茫，實在無力尋得更多的牽繫。寺廟是他少年嬉遊之地，漫長的青年頹廢時期，一度萌生皈依之念，到底心意不堅，自覺愧對方丈。如今母親長住彼地，再返去他祇有倍覺安心。歸城第一事，唯有看寺。

那次的導覽遊寺，其間略有波折。當日天陰欲雨，景況不佳，師母顧忌寺內納骨塔，恐招惹甚麼靈異之物，說莫如不要去寺裡了罷。他聽在耳中，心內有些委屈之意，畢竟母親就在塔中，師母蹙眉撇嘴，滿面愁煩不願之色，在他看來竟像是觸犯了母親一般。他同老師好說歹說相勸，師母才勉強答應前往。

許是觸發心頭鄉情，一路慢行，老師祇顧讚檳榔樹形態優美。他不免竊笑，無怪乎老師的詩歌理論水準高於創作多多，檳榔樹太司空見慣，久居之人都不會覺得它有何可觀之處。他猶未與人息交絕遊的時候，依稀聽一位學長講起過，之前老師數次返鄉，都會對檳榔樹誇獎一番的。學長壞笑著補上一句道，老師倒是不如去讚賞檳榔西施的好。

進得寺中，前庭栽有幾株菩提，心形碧葉，累累垂落。老師見了很是歡喜，嘖嘖讚歎。有個依照島嶼外緣邊線形狀而製的水池，頗似一片微微側斜的短莖葉子，已經乾涸了。他細細講解起「彈指優曇」的匾額與竹葉體，圓體。師母面上終於現出些笑意，饒有興味地問起字體得名的來由。他心裡這才鬆爽了不少。待幾處主要的廳堂逛畢，他們三人便分頭散開，走向各自感興趣的所在。天色愈加灰沉，雨卻未落。

後院植著些蓮霧樹，蜜黃色的蓮霧形同小隻的梨子。風一搖，它們便劈里啪啦打在石板地上，有的顫巍巍尚算完好，有的跌傷濺落出汁水。沒有人要撿拾它們，也不會去關心究竟長得怎樣。人站立樹下，它們居然都掉不到頭上，或哪怕擦過衣裳，似是在生活秩序之外悄然墜落的星子，光芒半點漏不進來。忘記有多少年的風落果時節，他都會徜徉於此，靜靜聽蓮霧落地「剝」的清越聲音，至此而止，陡然消失的鼓點，不再有回彈起的蜿蜒曲線柔和繪形，空氣被抽濾得很乾淨。有一年秀桐隨他來寺裡玩，原本他祇是想自己來亂走走（那時母親還健在，遠遠沒有住進塔裡），並無邀她同往的意思，她卻堅定地跟過來了。這個女生的意志總教他很難違拗，也就由得她。

秀桐的平底鞋無聲擦過石板地，她彎下腰，揀起幾顆蓮霧放進裙子口袋，攏攏耳後的髮絲。他想不出甚麼話好說，抬頭見到不遠處一座廊下懸空的半爿鐵鐘。他記得那旁邊寫有一個「不可隨便亂敲此鐘」的字條，轉身向她笑道：「妳來敲上一下子罷。」她就真的上前去，攥起拳頭輕捶了一記。鐘片發出風水相擊之音，非常清泠。「原來這個鐘兒不給人隨便敲，是怕別人知道聲響太好聽，學了乖去，就祇管敲個不住。」他負手站在秀桐身後，開心地說。在此之前，他謹遵字條所示，未曾動念去敲上一敲，這次假她之手，倒獲意外之喜。秀桐回頭，塞一顆蓮霧到他手心。「妳收著就好了嘛。」他用三個指頭的指尖捏住它，想還給她。她卻握著他右手扳下手指壓向掌心，將蓮霧包覆掌窩內讓他不能再反悔，還是不說話，自顧自跑走了。

他隱居近郊山水的數年歲月裡，她不辭辛苦從遠方跑來看他。交通欠發達的年代，五個鐘頭的車程足以使得她髮絲蓬亂，面容倦憊。可一見到他，她的眼睛就閃閃發亮，猶如從洞穴中張望出去的小動物。她總是將一個紙包放在他掌心，以彼時放蓮霧的手勢，輕輕壓下他的手指。她反手覆在他的手背上，抓抓他的手：「你的手好涼，又細細長長好像女孩子的手。」這次他不再推辭，心懷愧意接受了她的援助。他甚至不大清楚她工作的具體地點，僅祇知道她該是在一間中學教書。要回去了，再晚她就趕不上車了。他輕輕攬一攬她的肩頭便又放開。門在她身後帶上了，他回到一個人。拉開書桌抽斗長嘆一聲，他信手將紙包扔進裡面，那裡頭跟它作伴的，還有他塗塗寫寫、撕掉幾頁再續上的半部文稿。無恆產而有恆心，一個人生活總歸容易些——他向自己笑著搖搖頭。一隻黑貓從微啟的門縫踱進來，在他腿邊挨挨蹭蹭，豎起尾巴繞著圈子咪喵起來。他俯下身拍拍牠的頭，柔聲道：「你要開飯了嗎，我去看看今天還有沒有得吃。」

那些年頭啊，穿梭於他生命中的女孩子和貓何其眾多，不可勝數，是上元燈身的六面繪畫，一明一黯閃渡流轉。上元不過一歲中一夕，過了便盡，再精美的燈盞收存到來年亦已蒙塵。女孩子都像寺廟檐角邊描的一小方花卉，淡淡雅麗相，不無可觀，始終仍如添頭，收歸不進正式的圖案中。貓仿似陪伴寺內僧人的烏龜，踏了軟步來去他周遭，和他分飯吃，長命而悄然。

師母那天就很喜歡那一小方一小方的花卉，說是工筆真漂亮。她舉起相機一幀幀攝下，稚子收集連環圖之心。回去後，她就病倒了，昏睡不起好幾天，懊悔說到底不應隨便來有著納骨塔的寺。他不以為然，想她寺內景致畢竟是看過了，且算賞心，那麼繳幾吋元神暫與神佛，實在沒有甚麼不得了的罷。老師興致並不因此稍減，不久後還寫了一首遊寺的詩寄給他看。他們很是保持了一段愉快的通信，這是他由寺與人所締結的不多因緣呢。

某年建築系友人揹畫板來搬寺過紙，梁柱斗栱結構一一照錄，且大呼過癮。友人其時正在煩惱桃花沒頂，窮於應對，求問他如何清心寡慾，片葉不沾身。他促狹一笑：「你來寺裡住一段不就好了？你那些圖紙也可以畫得更真切。」友人亂投醫真個聽信了他，居士誠心，日日打坐參禪，住了足足兩月餘，終因導師催交畢業設計不得不拍馬回朝，來找他辭行時，頗見不捨之意。「圖畫得怎麼樣啦？」他抬起臉望著友人問，「我就說嘛，那些女生再瘋也不會想到來這裡找你，除非她們要削髮為尼。」友人神清氣爽，揮臂彈跳高喊道：「真是好極！等功課交掉我還要再來這裡打坐！你得等我回來！」其後他們一個放洋，一個隱居，聚首都難，遑論再同來寺中？這段風水交會的奇異生計，重新說道，祇覺幻麗不真。

來來去去，從寺出發，向寺而歸。他的少年慘綠乃寺內石板上蔓延的蒼苔染就，陰濕中有自在的愜意，更行更遠，回望之際才冉冉生出眷戀。最早一次離寺而去，是甫念大一的新鮮人，獨個北上參加文藝營，生命大事件，頭一遭自己揹包上路，暫時作別家城去到想望的未知之地。從前人出門必是考究的，要先去選布料，到得裁縫店裡量體裁衣，襯衣熨貼褲線筆挺，皮鞋柔軟合腳，微煥光澤。衣裳做出來有如另一層皮膚，隨身體而生似的，伸展手腳都不會覺得這邊侷促那裡牽扯。如今人老了骨肉生硬，簡直與成衣處處扞格，隨時像要支楞出來一般。手肘動上幾動，肘彎處的袖管就被揉皺成爛荷葉，半點不挺括，著實惱人。

裁縫師傅耳朵後夾著畫粉，精準剪裁開一片片布，邊角柔順委地。從眼鏡上方望出來，看到立在當地靦腆不語的他，忽然嘻開嘴笑了：「少年仔，要出遠門喔？」他就是如此著了白衣灰褲，驕矜又灑脫地扯起一隻蟹殼青行李袋，坐在窄窄月臺等待，火車乘著天涯來。大地龍蛇噴吐白氣，煙霧散盡停止下來的就是另個世界。坐了太久的車，迷盹中醒轉臂腿疼痛，口舌枯焦。他趴在窗口瞧著樹木與房屋，看多了就成影印連放的復遝底片，便很是想念寺門前朱紅色的含珠獅子們，還有一座堂頂那兩條翠綠的活潑小龍。白衣觀音背向他站在樹下，快些轉過來灑給他一點楊枝甘露罷，嘴好乾。

那六天七夜到底聽過些甚麼演講，他全然想不起了，印象溶淡竟至飛散，單祇記得營主任是有名的詩人，朗朗誦讀起他本人的詩篇作為開場歡迎詞。而他居然也被分在詩組，溫柔之必要，肯定之必要。至今他不明究竟是他報名稍晚才被隨意劃撥到詩組，抑或他上交的習作中，有那麼一兩首獲得評判人的激賞？一時間他興奮莫名，上課時偷偷用鉛筆記寫在書頁側邊，而後再以原子筆恭謹謄抄到記事簿上的那些句子，此際連朝不息，桐花萬里全有了出路。幾年後他自印了平生唯一一冊詩集，亦緣於當時受到的鼓舞罷。

他們住在特地騰讓出來的女生宿舍，清空淺灰色地面的近乎四合院建築，院落四下散布著花木，獵獵吐豔。室內清寂，偶有涼風吹送，蠓罩齊整收攏集結紮緊於床頂。室友的一頂黑色棒球帽斜掛在欄杆柱頭，像有一個人悄立那邊似的。白日熾熱，事程和心都排滿至擁堵，夜涼下來之後，他一個人溜到河邊信步走走，水氣樹香撲面而來，一帶溫和山形沒骨潛隱，巧稚若指腹按壓下的麵糰之凹窪。那時他決計預想不到，此地與家城之間將會點點漸進勾連起不可離棄的往返動線，成了他隱居避世之地，居於一端便感到另一端的牽招。他想他是，隱而未匿罷。山高月小，水光瀲灩裡他度過無有瓦斯罐的濕寒冬天，來年開春被褥扭絞出汨汨流水。苦竹之夏，紗窗破洞供貓自由出入。蚊子亦循此飛進屋內，捉一隻，又來一隻，捕之不絕。嗜甜的他一顆牙蛀空了，醫院相去遠矣，他設法弄到一些油灰填塞其中，打算自助自治。沒過多久油灰就脫落而出，不肯變成他牙齒的附庸。年月湯湯自身外流過，無掛無礙。他黎明即起，散步看河餵貓讀寫，白鳥成群撲飛一天一地，竟像他散去丟棄的手稿。養心澄明如珠，心齋內貯言語之寺，小小的完整。

眼下再來時，夕照時分陽光黃熟，他盤桓的不止這一個下午。寺與他一樣，都在呼吸吐納，生長衰老。大殿封掉了等待重整修建，祇開放側面的幾處堂，並靈位放置的所在，據說寺務都遷至左近新起的會館去了。他知道他不會去那裡看上一眼的，彼地沒有母親。他熟識的一位法師幾年前圓寂了，故人日疏。寺在變形、滑動，轉身逃逸又回手招呼他。樹影搖曳篩下光影，頭微覺暈眩，他停駐腳踏車在大殿前臺階下一頭小紅獅的腿邊，往各處走了走。零落的寺僧和工人仍住在這裡，一排平房門前廊下鋪排出各種生活什物：老舊的籐椅，葉片鏽掉的風扇，盆架與各個色澤的盆子們，三隻鐘錶手臂分指不同的鐘點，時間分化進而異質。前院荒棄了一半新闢作停車場，野草叢生，雀子起落。附近住家留聲機裡放著平劇，古今同調並無不諧。小小的鐵皮屋前有一隻鉛桶。他甚至在殿前一側的階下，發現一匹小兒騎坐前後搖擺的木馬，紅身黃把手藍底杠，鮮麗如新。觀音在她的樹下，猶自長身玉立，弘慈眉目望他。從前秀桐有一次試繪佛像，觀音的手怎樣也畫不好。他就奪過筆來畫給她看，添上一枝蓮花。他們還做過漆器來玩，一遍遍大紅大黑漆上去，層層塗飾，有如彼此相待。那些畫和器物，他都沒有留下來，她那裡該會存了一些罷。

護寺黑狗立起身來，逡巡一回後再度逐落葉而臥，踏著秋風的步子。不遠處寺圍的流浪狗群面面相覷，一定好奇為何今天跑來他這個生人，就讓牠們去困惑也好。今夜他將睡在寺內，全副骨骼平伏貼地，趕在蟋蟀登堂入室之前。他會埋耳於此聽取地下傳回的嗚咽，幽怨如訴，那是他不在的時日裡，寺要對他祕言私語的。

雨後

會後即雨後。四點半會議提早結束，晚飯前悄悄衍生出來一大段浮離待填，獨自成形的時間空白，如風中擺蕩的菌絲。潮水先行退落，沙灘上留下呆貝殼和小螃蟹。然而畢竟到了會議最後一天的離別時刻，有些人就說著笑著要趕赴搭車乘船之歸程，各自散去。桌上半空的紙杯歪倒一旁，疲憊液體凝結，頹而不流。影印稿零葉們落花飛飛風草草。

振邦站在桌後戴起格紋鴨舌帽，包也在身側斜背好了。他是位略略發福的青年，體態微豐，然而燕尾形唇髭修剪整飭，目光閃亮，仍有英氣與頑皮之意。「晚上我要乘火車回中部，但是現在還早得很，有時間可以晃晃的。」你聽著，從後窗走返課室的前部，窗外雨洗樹新，沖刷出鮮妍流碧。人靜下來才覺得流水席終了的悵然，微妙飽脹感：懶洋洋不想一時便走，又無事可做。

這時旭初進來，興致很高地向你們說：「都還沒走？不如我載你們到市區去轉轉罷，正好去逛書店。」你們點頭稱好。他停停當當一身灰衣，清爽挺拔之姿就在面前。「那就一起走罷，不過我今晚回家，先上去研究室取行李，你們在外頭的鐵門那邊等我。」

——「哪一班北上的列車人會比較空？」

——「就坐最後一班呀，後面轉捷運是午夜十二點十分末班，那時人很少的。」

問答的話音未落，旭初已先你們而去，矯捷身形柔和彎曲成為弧線，輕快跑過走廊盡頭的轉角。頭髮飛揚，側顏在流光裡由明到暗，這是自身不可見的優美剪影呵。

雨不知何時終止，世界重新交還給悶濕與蟬噪，餘音搖宕悠遠，如在身外。人又像處於微波中心蕩散開一圈一圈，輻射傳導過骨骼神經。那時你們是候立在約好的鐵門處石階上。振邦同臨時加入你們的韓國學者林先生講論附近險秀的峽谷景區新近又傾覆了遊覽小火車。你半聽不聽，腦際灰白蝶形撲打異色雙翅逸之不見。蟬聲霸道侵佔了整個世界，低頭望見淨白的球鞋鞋尖在清晨來時的水與泥裡略略擦髒，你不由得向下輕跳了一級。身後的人話聲漸杳，你還是聽得到他們在討論有多少當代小說已經翻譯為韓文，譬如《三腳馬》。你繼續神遊，空茫做著三腳貓。

一輛灰綠色小車滑過院中小叢聚生的草簇，車窗半啟。旭初應是看到遙望的你，叫道：「下來罷。」「走啦。」你回頭招呼他們道。兩人語聲不息，顯見得談興正濃。「車子開了十幾年，像一堆廢鐵就沒管它。」旭初似有歉意，其實揶揄之意更多，笑嘻嘻介紹他的車，推開後備箱蓋子，將韓國學者頗為沉重的手提包安置其內，「這裡也亂七八糟的。」網球拍打橫在行李袋下，以小欺大，著實放得毫無章法。「我也從不保養車子，一不留神就撞得坑坑窪窪。」振邦摘下帽子放在膝上，不好意思笑著附和。林先生現出訝然之色，表示不敢領教。「那是因為你經常飆車罷。」旭初調侃道。你在一旁不覺綻出一個壞笑。天下同心，甘於犯險者飆一切能飆的交通工具。聞之悠然神往的你，身為資歷輕淺的年輕菜鳥，又是三人成唬的乖順男生，一時還不得伸展手腳，祇飆過機車總不好意思拿出來講的吧。

振邦和林先生在後排排排坐好，你則坐到副駕駛座位。旭初打開另一邊車門，並未立刻坐進來，躬身拿起座椅上的相機，將它們遞到你手上：「幫我拿一下，等會路過我宿舍，我要放上去。」你扔敝舊背包到腳邊放任它像一隻偎灶貓，接過很有分量的相機們抱著。「是不是太重平時懶得搬來搬去？」「對啊，我一向都是丟在車裡的。」兩架相機一黑一白，鏡筒長長。它們的長眼熠熠，雖此際遮掩起來，應該俘獲過很多鮮活的事物吧，拍天攝雲，以及昆蟲鳥類們棲止於溪流？你望著他靜靜開車的側面，問題在心裡淙淙而過，待要開口探詢討教幾句，卻悄然消音。

熱氣蒸騰，旭初索性完全降下窗子，燠熱之中微泛酸腐的氣息有些觸鼻，似乎混合了汗蒸和其他不知名的甚麼。後座兩人談興絲毫未減，又開始講說他們某年一起參加過的那些會議。是在日本罷，「他們的文學家故居都保存很完好，開闢成紀念館，像是佐藤春夫的。我們這裡甚麼時候要能這樣就好了。」振邦感慨道。林先生頷首贊同。

旭初並未加入談話，專心看路。週末的校園，向晚時分依然活潑熱鬧。車過路旁寬闊球場，兩隊棒球員正在對壘。「你們這裡真好，可以靠著高山打棒球。海洋大學也不錯，他們是面對大海打籃球。」振邦伸了個懶腰說。青山在側，鮮綠的草皮濕潤清香，紅衣的棒球人們歡快跑動。旭初起初不語，得意笑笑，後來到底忍不住開口說道：「最妙的其實不是人，而是貓。所有的訪客貓，但凡主人帶牠們來這裡一次，就會完全賴著不想走，在草地上東倒西顛，翻肚膩歪，像纔嗑過貓薄荷，都要醉死過去了。」

車子穿行過道上林蔭，漸漸到達一處清幽隱蔽的所在，紅頂樓房低低矮矮，待焚的枯葉積聚成堆，小童嬉鬧奔跑，應該是宿舍區到了。旭初忽然開口問道：「你們要不要上去參觀下我的宿舍？」你好奇欣悅響應：「好呀。」其餘二位似乎是沒從他們的話題回到現實中來，茫然睜大雙眼。及至停車，提議者卻又變了卦，旭初回頭笑說：「我想你們還是不要上去了，我屋子很亂，時間又趕。」

這一帶的房舍極其安靜，連棟成排都是林中小屋的風致，樸質素心。可以想見陽臺門前，晨光或是暮光微透時分，溫柔稀世。如果屋中高懸乳黃光燦的球形燈泡，一燈如月看多時，就很像是日本童話裡狸貓將斗笠放上天空變成的月亮了。光線真的熹微昏茫，因而看不清門外大約是手植的花木們。

「我先上去一下，相機給我。」旭初簡潔指令道。你從對空間的暢想裡回神，伸臂遞送過黑白二將——背負這般分量的確行動不便，旭初說過，但凡攜相機出行，他都祇好由跑步轉為快走，好散淡順手拍下目之所及的風景窗格，譬如那些無法等待錯過也便不再來的——一束紮緊繫於橋欄杆上的氣球。

旭初背影一閃，攜帶他的雙色長眼消失在門內。車內的三人意外擁有了一小段空白靜默時間，方正修潔如早餐桌上新揭開錫箔的奶油乳酪。此際輕輕按一個指印上去，表面依然光滑如昔，但指腹上不覺已抹膩微油起來，想要偷在衣角上擦掉。

你又藉機恍惚出殼，伸手撫視著懸吊於車前擋風玻璃後的一串平安符。伊們三五雜處，形色不一，方圓尖扁支支楞楞捏不到一處。那上頭掛的紅的黃的繩兒都給日光之舌舔得毛亂了形容，失色敝舊，別有一種枯焦之感，真像吃火燎過的。你翻牌子般察看著上面的字樣：龍山寺、大甲鎮瀾宮、保安宮……竟是各有來由，琳琅迤邐，聲價紛然。四方八荒這許多的庇佑集納起來，簡直是一隊喧鬧的合唱團了，在駕車人耳畔反復誦念著：出入平安，平安千萬……

旭初側身坐回駕駛座，砰地拉碰上車門的聲音驚了你一跳，趕快縮手放到膝頭。

「啊，一會我要記得加油。」他自語道。車子加速開跑，終於馳騁出學校後門，來到附近的公路上。「這一帶都是實驗田。」旭初不經意說著。車內三位聽眾不由得一齊伸長脖頸，向他示意的方向望去，卻祇看到路邊塊頭甚巨的界石和萎蔫半邊，雖生猶死的棕櫚們，實在不忍久視。「可惜我說晚啦，已經都開過去了。」他又開腔道，但歡快的語氣聽來就是存心要給你們晃點閃掉的。振邦躍躍欲試道：「下次再來的話，讓我也試兩鋤罷，我會記得穿舊衣服來。對了，下地不用特地穿工裝褲和雨鞋嗎？」「那倒不必，長褲就好，草裡蚊蟲多。」

「現在的評鑑制度好奇怪，都是算點數的積分制。一篇期刊論文算四十點，但一本書祇有八十點而已。所以就有人抗議說，假如一本書包括五篇文章，那豈不是把它們拆散出來提另發表積點更多嗎？而且創作和譯作都不算數的。還有人說，專書按制度要重新寫過——這不是瘋了嗎？」旭初口中明明在講著荒謬的制度，卻有點忍俊不禁的嬉笑咕嘟咕嘟湧泉冒將出來。

「我們學校有老師說：那我可以用便利店的積點來換算嗎？」振邦和道。

「那就大家一起來集點！整個宇宙都是我的論文場。最後的成品嘛，祇比宇宙大上一點點。」你忍不住跟著瘋了一句。

車過瓜田，旭初扭頭講解道：「這裡的西瓜又大又甜，一顆才二百元。一個人吃到撐死。夜市祇有幾片就要一百元。」

振邦悠然神往：「真想嚐一嚐呢。有些餐館裡頭，店家會把西瓜放在木樓梯邊，走上去時很擔心會踩到。」

「那位作者據說身心狀況仍是不大好，原定的演講也來不成了。大家都有點失望呢。」

「原來是這樣啊。我也聽說他應該很久都沒有出門了。這種病況，祇能靠自己慢慢調適罷。」

旭初和振邦無言對視一眼，彼此的眸中閃過一絲哀沉之色。天際有點混濁，公路灰漠漠延展開去。車速漸慢，他徑直開進路旁的加油站，遞上加油卡：「我要加二十升，不，等等，還是給我加滿罷。」油管悄悄探進車體注入動力，旭初重新收卡入袋。「對不起，剛才我忘了熄火了。」倒車出站，他推了下手柄，那笑容全無心機。你背脊凜然一聳，哇哩咧，這要是車子失控了或者轟然爆炸？眾皆悚然。「我們到啦。」旭初一派輕鬆，「你們先下車活動活動，我去那邊停車。」三人伸展著手腳，卻對眼前風物不無茫然。小小的城因其靜默灰白而顯得有點訕訕的，彷彿在此時當下猶豫著自己是否應該退縮為不佔面積的存在。有些店看來開張關張莫辨，門面不大的餐館基本沒甚麼動靜，最多的還是售賣當地特產小吃的地方。

「咦，這家起先是咖啡館啊，怎麼就又改成理髮店了？」旭初帶著路，忽然停下來狐疑端詳起路右的一處房舍。三人依舊而視茫茫，緊隨其後。

「我們要到的就是它右面這間，居然關門了。」那是有著黛瓦青苔屋頂的日式房舍，秀氣長方如一隻便當盒。木門漆成天藍色，帶動得整座屋子都年輕歡躍。祇是眼下屋門掛了鐵鎖，垂耷著彷彿守門惡犬不友好吐舌。「我才有幾個月沒過來這邊，不知道會變成這樣子。」

「沒想到在這樣的邊陲之地，也會發生《古都》的情景啊。」振邦又感慨起來，發了句書生氣十足的議論。

「難道，你的記憶都不算數……」把臺詞擊鼓傳花般接下去，你隨即念出這一句。

「我還是打去給在這裡做工讀的學生問問罷，好知道究竟是不是關掉了。」旭初摸出手機開始找號碼。

三人呆立一旁，卻並不太愕然。畢竟你們都是第一次來到這裡，之前並無任何相關記憶，隨便看到甚麼都是新的，即使沒看到甚麼也是一種嶄新的沒看到。全不可知，唯有從命，很難發展出自由意志甚或配以適當的慨嘆，因尚未有如此熟稔的資格。一句話，不夠知己。

旭初合上電話，抬起頭來說：「這家書店沒有關，但是遷址了。」

「這裡舊書店好像不多喔。」

「是。祇有兩家。」

「哈哈，不如我們還是去書城好了，保證七五折。全年盛惠，永不打烊。」

那僅存的兩家書店之二，叫做日月的二手書店你們夥同另幾位，在前一晚都到過了，旭初並沒隨行。

神氣的白色店貓老爺Doodle趴伏櫃臺上打盹，半夢半醒之間把自己蜷曲成一盤子上桌美點，且在別人伸手給牠脖頸抓癢到酣暢時，低頭一口咬住，用力到讓人擔心骨頭碎裂，卻是充盈漫溢的親愛之意。

——怎麼洗得這麼白，他好白喔。

你見貓心喜，白目一般和店員胡亂搭話著。

——你們好厲害，把他洗得真白。他有多大了？

他是個男生，五歲了。我們收養的，是在外頭寵物店洗的。

振邦打開相機套，喀嚓喀嚓，左右突擊拍下Doodle各個角度的情態。波赫士的每秒流逝之貓，此時得以攝影實踐。腳下櫃檯邊，大黑狗阿默睡得正香。林先生用心收集了一疊文學雜誌過刊。

待好久以後你記起尚有這麼一捲相片，回去調出來看：大部分照片上呈現的圖景都是人貓各據一邊，分庭抗禮之勢，好不滑稽喲。

你最記得入夜黛藍天穹下，同斜拉電線一併低低扯起的藤蔓植物之影，風中搖顫成心形薄黑鐵片，刮擦暮色層層打薄，彷彿玎玲作聲，如簷下走馬。拖步緩行走在前頭的女生們微揚起的裙襬和閃光的鞋跟，宛若游龍。隊尾甩你一隻呆瓜心中默念：多麼美好，請妳們快點走。

「這間書店是一位詩人的家屬在顧的，就是他們家族從前的故居。今天不能進去真可惜。我載你們去吃飯的地方和大家會合罷。」旭初輕輕淺淺地說著。於是你們的這次書店踏察，尚未開始，就已然不得已地結束了。三人上車，各懷心事。

緩慢集納他者生命中，那些你無能在場不曾參與的彼時，漫漫無際的文字想像。且以物證之，以事繪形，以細節寄情。甘酸之味，如同揭開堂下花磚，內裡一包油紙遮掩的心曲。默默統計一張並不存在的大事對照年表，才發現時間如割，隔住代際的涯岸，彷彿登臨無可泅渡的惡水。你埋首的鄭重恰或然是他們回眸的輕蔑，遂時差無故事。然而那些平行的生命脈絡，你老是在想像中試圖將其扭絞成一股繩。最後不過是：「我們在各自的時空讀過相同的書。」如此關聯何其脆弱，總有無法開啟的界域。

直到某一日，你實實在在看到了那些手植的田，懸起的符，漫行之路……更大的空茫滔天席捲而來，虛室生白，殘損之物若海難的遺存。旭初引領你們三位來客去到傳說中的舊書店，已是孤館閉春寒，不得其門而入。在僻遠之地你們的古都記憶就此都不算數。至此一群天涯相逢之人，終於有了共同的喟嘆，在未至之地失路入荒冥，遂折返人間得多的食肆，不辨其味，難飽愁腸。出自他口中的大顆西瓜，為兄服役去賣的搖搖冰（比畫出旋轉手柄），功能混雜的小店……都來自渺遠切近，熱騰騰未有嚐到的世界。他舀粄條時，胸前衣襟濺落下湯汁。木凳圓高，以頑童之姿盤踞。即使後來問人證實，店並未關，祇是搬移。你們幾位還是失卻同踏入某扇時空之門的機緣。就算雨後空氣鮮潔，窗外棕櫚高聳，沿途馳過隱晦水泥橋變成暗暝達及黯灰日治留痕處處之小城。

轉天你以單車歪斜拐出後門，螞蟻循甜般卻未能複製這條糖路，祇是勉強騎到一再被書寫過的一條溪水同其溪橋。公路險惡，蒼莽溪水啃噬礫石，蜿蜒爬過枯涸半面的河床。身後箭矢流星的汽車機車，氣流直直掀插進你髮根。你回頭望見背後道之左的青山一脈，眼前公路無盡，天空海闊。路途本身即成目的，你放手也放膽騎行到無詳細地圖旅人膽量的最大值，在平交道前沒有過路，原道返回。與書頁無關，外在字句無涉，你越界來到另一邊。

彼時你的樣子一定頗像初入行的菜鳥記者，人間生徒，活脫是七〇年代瓊瑤劇裡的魯莽後生。譬如騎非專業騎行的一般單車，更無其他裝備可言，相機胡亂掛在手腕上，不怕騎行中機身撞擊車把可能致使報廢。欣賞風光的興致顯見得遠大於出任務，東張西看望野眼。從沒見過路旁擺一條龍汽車開賣的陣勢啊，你不由得停駐下來按了一張快門。

正手持布條撣子給車蓋掃灰塵的削瘦老者看見了，揚起戴著斗笠的頭好奇發問：「你是記者嗎？來這邊收集素材？」你含糊地嗯了聲，不好意思辯說是或不是。老者抬頭望天笑道：「鯰魚山罩上了霧帽子，這下午怕是要落雨哩。你有帶雨衣嗎？」你緩慢搖頭，他說了聲等下閃身進屋，再出來時遞給你一件輕便雨衣。你謝過老者暖心好意，將之擲入車筐內。

老者又絮叨講了些甚麼，你都入不進腦和耳了，彷彿是附近兩個地方今稱和日治時期的舊名變化。他說從前舅舅曾在這邊買有大屋，很是豪氣，又說前頭有個寺院風味獨具：「你破除萬難，務必要去到那裡看一看。我以前在那邊讀的國小。」

不過直到你結束整條騎行路線，在繞圈無數以後回到一家Fami(中正路口國旗飄，風正蕭蕭)澆可樂入喉消渴時，仍然暗自慚愧不曾履約，似乎辜負了老人對拜託你這樣路人代訪故地的殷殷寄望。當然這裡面的驕傲自得更應該得到尊重和償還。

每個不甘心的孱弱青年，生命裡欠缺一部力道十足的公路電影。真熱血真豪情不退卻不娘砲，實打實以命相搏甚至以身相殉的那種場景，膠片扯出來連綿鋪滿了整條公路。其能量高燒的程度應該足以提供任何的車輛自燃。

「人生很短，要努力才會幸福。」可樂氣泡在舌尖炸開，你悠悠回想起老者最後如夢似偈和你講上的這一句。學校後門連通的鼎窗街很短，單雙日停車的牌子尤其因此紅白鬥得分明。你到這裡來，也不過是幾日以前，永久得似已在此地住足一世。

初到那天凌晨，你舉一人之力肩扛手提，走過寂寂無生物的鼎窗小站，微雨濡濕了龐大的行李。天橋一如連通童話章節的機關。在那間宇宙艙般的會館房間內，因其過於浩大空曠而無法入眠，你輾轉反側了半天，倦極終至拋去手中準備良久的報告草稿，睡眠讓指頭失掉氣力，不再頑固握緊安魂必須的小毛巾之屬。偏偏是魔音回環重寄辭，每一位友善人向你殷殷垂詢問得最多的正是：你在這邊睡得還好嗎？

不得不然。竟夕無夢沉沉睡去。轉早起身你推開窗，看見窗臺上雨後第一條蛞蝓。

貓與鼠

對話每次都不期然不設防地開始，仿似水面上晴雨未定，演歌迢遞的往來唱喏。
（「唱歌來解憂愁，歌聲是真溫柔——」）
問：貓兒睡成何種形狀？
答：睡如水牛露脊，白鷺鷥自其後懶洋洋遠飛。
問：貓咪怎樣睡法？
答：睡成斯芬克斯擋在吾們去路中央，已無退路，人的謎題依然沒有答案。
問：貓子睡得好不好啊（大欠伸科）？
答：酣沉得像菊石蜷捲，螺紋層層旋入過去，又好像一塊鮮靈虎皮卷呢。
問：貓還在睡嗎？
答：早睡死變成一條叉燒啦！

問：你醒著嗎？

答：說得我想要吃煲仔飯了，就算有份燒臘過口都好啊。

問：十一點了，該睡覺了。

答：時候尚早，長夜遠未漲滿在貓瞳之中。

問：夢神來了沒有？他會吹彈柔蜜乳淚到你眼睫上，催你一枕入黑甜。

答：我對他向來避而不見，我寧可拽住黑貓的尾巴，跟隨他奔襲至不可名之地。

問：你捉不住他的，他是截尾黑貓啊。

答：我痛恨薛丁格，不過方生方死，貓的生死未明，也還算合乎情理。

問：我們不也一樣？

答：終其一生，就是在無燈無月的屋內妄圖捕捉那頭不存在的黑貓。

問：何況他截尾，愈發無從把捉。

答：等我們身後長出了尾巴，就不會再怨懟。你有腳，你就能跳過小溪；你有尾，你就能倒掛水邊樹枝上，伸手下去撈月，無限接近無限。

蓮藕人弓身推開黑沉木門，穿堂風過，跟從他後腳進屋，登時彌室清透，環壁書畫中花葉同其迷亂紛飛。墨筆深淺層疊間，滿架葡萄仿似初熟，卻危危欲墜，羅水浸湯泡一般。天花壁角塵灰吊子流蘇落穗簌簌而下，蜘蛛八足滑動著竄逃疾去。他靈巧迴旋，手腳並用急急閉門，門縫掐斷影子，漫天風雨就此給切截戶外不得而入。輕吁了口氣，他小心放落腳步，悠緩行進屋內，如履玻璃，生怕腳下碎拆開裂谷龐然，沒有一絲聲響。小雨零瀝叮咚敲窗，一彎泛白指節在額前擊打不止，徹骨的偏頭痛牽動了神經，簡直是有生番來活剝頭皮那樣難忍。蹙眉皺臉幾乎趕不及平復常顏，他碎碎移動到客廳中央低柔道了句，我來啦。

　　師母放下手中展幅滿滿遮面不見的報紙，摘了老花眼鏡擱置几案上定睛看住他，朗聲笑起來，嗨，你過來坐下呀，別光站在那傻樂，外頭雨還大不大？雙頰猶帶少女之日影果香，一牽一動皆是暖融好意。「你都淋濕了吧，我去拿條毛巾來，你趕快擦擦頭髮衣服上的水，不然著了風寒就要感冒了。」「沒關係，我有帶手帕。」說著他從襯衫上袋起用疊合齊整方正的赭石絹子，邊角處以茶色界出纖直雙條線紋，細麻質地日本貨，依老派習慣隨時攜藏。

　　他實在無能忍受時人信手抽扯紙巾，漫捲一天一地，滿沾穢膩，再惡形惡狀丟出一團廢料遺物（口腔期肛門期的遺矢播散不能或已嗎）；或是任由自取的捲筒紙拖曳如三尺白綾（著了地面污水就浸漲為一丈青，縱使免錢就可這般沒收管啊）；頭面光鮮的仕女倘打開包包拉鍊，圖窮匕見一大袋家庭用面紙，亦是見笑不輕。Tissue，輕薄飄飛化成一片上皮組織，洋蔥膜不落形跡。對物如對人，不容有失。無論何時，他的隨身手帕都是護心鏡般的鮮汁小白乾，祇除了已漉掉湯水，端方爽潔，處處透著熨貼，與乎主人的篤定不疑。每回外食，他都要有禮有節將已棄用的餐巾紙、紙袋、免洗杯盤之屬整飭如新，完貌歸位。友人不解，誤以為他還有意回收帶走。他便撇撇嘴，面腮隨即霞飛一瞬說，不是啊，強迫症而已啦。

偏生師母不聽他的，也無視他自矜自愛的拂拭儀式和繁密心路，行道遲遲，仍是起身自去盥洗間，摘扯瓜葉似地拉了條米黃面巾遞與他。細麻手帕因在襯衫外袋，首當其衝吃了水，早作不得甚麼用。他默然接過毛巾來，抹去一頭一肩的雨痕，囁嚅稱謝。

近年師母退化性關節炎愈發嚴重，背也見得佝僂了，走路越來越慢，膝頭像磁道磨損的唱片無法快進，不堪行久，需要拾階而上膝蓋吃重時常感痠痛。她久矣才出門一趟，提拎了滿臂滿懷的菜肉雜物回來，總是累得要歇上好一會，閉目養神，重讓元氣返本。蓮藕人偶或會過來幫她採買生活什物，她卻說不必，日常有女兒照應也足夠了。自個出門不過為鬆活筋骨，放風換氣，買物並不是必然急務。逢晴暖負暄，孵得一顆好太陽，對老人來說不啻無上福祉。

有時她興致好，精神足，會擴大活動半徑，走更遠到懷恩堂去，探訪住在左近的老友，如逢週日，可能順便參加她們的團契，甚或一起做禮拜。老姊妹淘會面，牽牽拖拖紡紗抽棉線，一逕講個不完，過去現在同氣連枝，五行無阻，孫男弟女的照相簿擺在手邊，看圖說話更添趣味。有些老夫人著意嚴妝以待：務求眉是眉，眼是眼，頭髮做得有型有款，絲縷蓬鬆，髮腳貼伏。頸上圍起飽滿珠鍊，環環漩漩足有三層，蕩胸生寶光，決眥入千鳥，珍珠光影熠熠照顏。唇膏暗塗一季時興之澤，桑椹野莓閒中著色，恍恍然似舊如新，不可落於言詮。「老姊姊啊，妳換上了珠衫，依舊是富貴模樣，哪裡像我，現今就粗布衣衫亂穿穿到處跑，早沒心思功夫弄這些了。」師母撫著其中一位身上的絲絨外套，慨然嘆道。「我也就是和妳們聚會時特為搞點花頭，圖個自己開心罷咧，知道妳們不會笑我。大家都風風光光和當年一樣，多好。平時去幼稚園接雅嫺兒子放課，我可是老實穿得像個外婆樣子呢。」

「還說呢，我們那帶鄰里，前幾天不知誰家丟出一隻老時候樟木頭箱子，連鎖扣一併是完好的，銅活沒怎麼變色，肯花功夫擦出來一定還老體面的。想是那家的老人過身，兒女不懂得珍惜好物件，看著礙眼，留下又佔地方，爽性撒手閉眼不要了。後來就被一個路過的小子撿走了。我當年陪嫁的也都是這種箱子，帶過來三隻疊起，摞到多半人高，妥妥放在屋裡頭，蒙上塑膠布當梳妝臺用到現在，淹水那年應急拉平連起來就可搭鋪當床睡，以後就不知道會落到誰手。」

縱是身後事也能坦然討論，並無尋常老人家諱言，這是她們多年交誼形成的心契。大說大笑，一張張雅正端莊的面龐此際揭下畫皮，半點鉛華脂粉不著，終於浮現本來眉目口鼻。溪山秀色回復好奇原稿，陵夷為谷，反轉出不避真貌之峰稜丘壑。

「不坐啦，今天真的吃太飽，又講了一車皮話，要早點回去歇下。」師母說，「這一扯可以扯到天亮去，妳們好生待著，晚了就叫車回家吧，總歸安全些。」於是老太太們嬉笑囉嗦著同她就此別過，不忘提醒彼此下一次聚會的時間盡早說定。「妳又要回家餵貓了哇，嘿呀，那些傢伙天天就知道等吃。妳這樣很累的啊，野貓都無情無義，吃飽了就跑掉，不要多管牠們了，妳顧不過來的。」驟聞此言，師母唯有低頭以笑帶過，下意識掩藏起了手拎包裡悄悄探出半頭偷聽的貓餅乾罐，像要埋妥一枚土製炸彈使其不致太早引爆驚散四鄰，它的前身是一枚寶特瓶。

蓮藕人聽到師母絮絮綿綿講著這些，默然不語，這並不是他熟悉的交際方式。他幾乎不能理解女性社群的情誼黏合如何達成，但他知道老師先走以後，師母清靜度日，也延續了多年的飼餵街貓習慣，見貓如見人。家裡的五六隻貓，先後有所老病衰亡，所幸留下兩頭冤冤親親相剋相生；生卻都是外頭的流浪貓口所為，極盡慎戒不可再添丁，莫說是掘井，就算是開天窗得一貓也不能夠。

蓮藕人亦是無法想通，人自謀生計固大不易，還要平白無故飼餵這些四腳眾牲，到底所為何來。佛心善念用多，反為自身之累。他拘禮不多言，心頭問號卻始終無法扯直。外頭的新貓嗷嗷待哺，家裡的老貓祇吃不做，結局必然是供養人坐困愁城，山水清空（況且這山大半是已經挖到海平線之下的）。在這一層上，他意外與老太太們的婆婆經迎面撞上，自己頭皮刮擦到也頗覺懊惱難言：怎麼就落入這種埋怨的窠臼。既不好意思爽白承認，他遂再度以緘默帶過。

眼下好容易他平平靜定，將自己安置在客廳沙發，眼觀鼻鼻觀心端坐與師母閒談。說著說著，倦意席捲上身，兜頭罩下如溫水潑面。眼皮漸漸餳軟起來，昏盹盹像一張黑幕把清醒遮蓋殆盡，嚴嚴實實不透風不漏光，祇剩下平緩起伏的呼吸證明尚且在世。恰似曾有過的瞌睡驟發如著了迷藥的某些下午課時段，筆尖沙盤起乩般徒然留下春蚓秋蛇的不成形體，雪地裡胡亂踐踏的腳跡蔓延了整張筆記紙。人流於最軟弱也是最動蕩不定的形態，縹緲之間幾乎失去自控能力，酣眠若已逝。此時一隻灰黑虎斑貓躍然飛身而上，伏在他身前為自己找了個暖和的窩，就此舒服睡定了。蓮藕人被這無預警的觸碰嚇得一激靈。醒酒般瞬間睡意掃去大半，不由得坐起身來直視這搗亂鬼，迷濛惺忪之中卻又未全然看清楚，以為是狸子或鼬之類的小動物誤闖人宅，圖謀不軌來也。貓爪撓扯毛衣上冒出的線頭，毛毛碎碎，牽拉的奇異糾纏之感滑過他的耳膜，製造出不尋常的聲響效果，它們在恍然之中又給一再放大，幽聲魅影一般環繞了他的四圍，好難脫身而出啊。他聽到師母在旁出聲喝止：「糰子你這小東西快下來，人家睡覺都要來欺負欺負，像甚麼樣子！」灰黑貓咪聽了這斷橋之吼，頗識相壓平飛機耳，收腰伸腿一躥而下，奔襲屋角，喀嚓嚓前後左右四方八合拳勢擺開，在蓮藕人丟於彼處蒲團上的背包上磨起爪甲來。師母氣極反笑，搖頭嘆說，真沒辦法，這小子打來家那天就沒消停過呢，身上安了發條，動不動就要發癡狂跑上一陣，所到之處簡直颱風過境，片甲無存。

蓮藕人深深知悉，婦人之仁式的憐憫心是要不得的，放生毒蛇，黑白顛倒最後徒然自己尷尬。即使假手別人收屍，腐臭四溢總歸無法顏面光彩，至少捫心自知。一旦攝魂換腦成為貓人狗人，紙箱與牛奶瓶的囤積難有了期，人完全為物（活物或死物皆然）所役而不得自拔遑論脫身。玩物喪志玩人喪德相形之下都是小事，要麼就像那句刀光血影的「愛甚麼就死在甚麼上」，轉頭退後一步總是沒錯的。

心癮易成難除，根底一時間無法去盡。所有的癥結也都自有其病灶，無論起源或衍生，即使日後不慎拖帶出一條意外延長線如同無殼軟體動物所遺的銀色黏液留痕：但凡走過必留下痕跡，說的可能就是這回事吧。

那不是找到開關按鈕在哪裡，再用力撳掉就好嗎？可事情如果都這麼輕易解決，也不會有我們的故事了。貓生之繁尤勝人事。

蓮藕人輕聲說，不妨事的，隨牠去吧。我這舊書包正好快洗破了，早該退役了，給牠做抓板也算是回收利用，賺一點價值發揮餘熱了。這麼樣磨磨蹭蹭，一定很快意，祇要牠開心就好。他帶著書包告辭時，表面已遍布抓痕和毛絲。

曾幾何時豪情燼餘還剩一襟晚照，或者豪雨驟降濕氣一直淹到齊頸沒踝之深。在蕨類瘋長深碧掩映的庭園，狼狽入內避難。女主人永遠有吃不完的橙子，喝不完的熱茶，講不完的逸聞。一旦進入這個轄區，整體的時間感大異於外界俗常。

蓮藕人亦親見過一箱量販式遭棄又被集體打撈回寄養人家，初初才得開眼看人世的同胞奶貓哀鳴要吃，啁啾如一窩失母雀鳥，跟在女主人身後挨擠一處，嗷嗷求食。滴溜溜骨碌碌四面望出來的小眼睛們盯看得人毛茸茸暖洋洋，空氣裡浮升的似有若無蜻蜓幼體一張一翕隨興開合，祇得最初嫩光閃爍的金屬亮痕，還沒長成形狀。

一兩月齡的奶貓最擅長膝下承歡，繞脛三匝不停竄跑，如同生生不息的原子運動建功立業，而這個午後流光的國度並不久長，一切迎風膨大，似乎不需要任何養分輔料協助推進的事物，除卻微菌、孢子，不請自來的古怪念頭，大概所餘者唯幼獸稚雛之屬。

觀久令人癡。南北西東，推撞相嬉，這一夥幾近一式一樣的條紋是父母強大基因的機械復刻，再加重一個色號（媽媽如羅雨淋褪淡一層墨彩）斑斕錦衣成就一封小型猛虎集套裝，一二三四卷迤邐排開一時讀不到盡頭。外人尤其祇能勉強從額髮挑分的頭路走向，手腳有否套穿白襪，條紋黑咖褐啡的色調濃淡等等一項或幾項加成，來判定誰是誰。不然就迷離混為一體，以為是一乘四無限分裂，再接力增殖到更多更多，超出了正常貓族繁衍所能容許的環境限度，不脫本真也不走樣。父系本來可能拉風無限的大蓬頭，或是虎豹熊羆碑體的筆勢至此完全一爪抹平，變成有點滑稽狼狽的濡濕劉海貼穩在毛茸茸的小腦袋們上（露珠們都張著小眼睛在等待——）

長條几案上調色盤歪倒，五彩流瀉而下將流未流，凝住在半空，太鮮烈的茄衣或桑椹紫迷目衝鼻，嗆到人微覺喉癢。那桌面本色原木僅落了一層淺薄清漆，多少有些拖掛不起地強自隱抑著。不同型號的畫筆畫棒，連帶牙膏管油畫色一併七七八八參差橫斜，殘妝未卸一般失控了。休小看這張長條案也似的畫桌，刀削斧鑿都是主人親力親為而成。大本畫冊有如日記收住浪跡世界的足印，速寫或油畫。

不患寡而患不均，不患貧而患不安。女主人俯身撒下蛋黃，奶貓們當即爭食爭到盆倒缽翻。進門時傘角飛旋出的冷冷冷雨滴落脖頸後，蓮藕人激靈了下，一身抖顫半天回暖不過來。

垃圾不落地，貓族則有足夠自覺，腳不沾地。高懸四肢彷彿骨骼也如鳥類一般中通外直，柔軟可以拗折到任何奇思異想的角度去。這時家裡的黑貓老大不請自來，出現在室內通向後一進的窗口上。那個窗口就此成為了牠專屬的可臨視堡。黑漆漆的一團蹲踞其上，瞳光瑩黃四壁都被映亮。貓身難得，牠爽性就直接無視盯看的觀眾自行其是著，看來看去牠多麼似一枚刺繡線密織的 Puma logo，平面躍升撐漲成 3 D 的實體，大方不羞縮躲閃，整個展現人前。

未幾這 Puma 的 logo 飛身躍下，他蹲踞原地，自得用後腳抓起耳後一側的癢來，歪頭斜睨對面來人。蓮藕人此際無比羨慕那靈活身段，彎曲到人族不可達及的程度。據說章魚能壓扁自己身體通過極窄迫的縫隙，印表機吐出紙張一樣捶打成章魚薄片（豚紙的高仿物嗎）。然則彼一場景並不日常習見。貓貓兔兔舉腳搔癢的畫面才真個是不求人咧。人類就與許祇有在瑜伽動作裡能暫時一償心願，還要甘冒骨扭筋折的大風險為之。

蓮藕人想起，因有朋友在附近居住而隨之參訪的滬上某校後門，蜿蜒通向一座好像叫做長風公園的，煩囂短街攤攤點點，售賣鋪排開來各色吃食玩意兒，奇巧淫技應有盡有。籠中貓兔頭頭腳腳，一時不能盡數。好景難久，未幾城市都更計劃怪手伸來，將之無情封掉了。從前大雨漲潮校園灌水，撈起幾尾漏網金鱗，裝在暖水壺中回寢室熬煮魚湯。說來都是前朝夢憶。

若將這般那般的淹水之事，逐一條列，統通排出來大講論，哪裡又能比得過此地此島？一階一階步下捷運站的梯級，即見：納莉颱風淹水處——大字入目。如今任憑哪裡荒廢的一區，才橫屍未久，就會被還魂收去派做他用。真正不受攪擾的城市丘墟幾近乎無。到底是誰干擾了誰，說不好。

故人信中寫到，甚至手繪了卡通風影圖形一併寄來，乃是在其美利堅小庭園裡出沒的不速之客，舉凡孔雀、黑貓，推翻院中垃圾筒的浣熊劫匪。最不思議是天花板上竊居窩藏的一家子紅松鼠，因生了小崽數目驟增才凸現其存在。牠們頭頂三尺有神明般終日奔跑跳躍，生命不息運動不止的一整個 gym 就開在眠床之上。送神好去，消防員負責將全家一起運往遙遠深林，人鼠兩歡，是不俗大團圓結局。貓，連窩端被剷除丟棄的命運，並不是各地均質的應然存在。

連日雨不歇，人都快給泡黴。蓮藕人覺得，要去見見江柏講話舒舒心了。他們約在一處頂樓玻璃暖房，光芒萬丈自外而內巍巍抽打進來，裂雲穿泥，落於植物柔嫩子葉之上，幾乎要當頭劈開顱骨，垂直光瀑漾開金色渦漩在室內繚繞不定，如神隱間接現身的老龍，無法定型為補壁繞柱的圖樣彫飾。額上火成岩的印記深烙頭骨，隱隱灼痛像是要腦葉撕裂。

蓮藕人衹覺手顫杯抖，當下竟然無法憑一己獨力，飲盡一個完整回合，衹得草草作罷。手執攪拌棒漠漠攪動杯內濁黑黏稠液體，像在翻弄柏油瀝青之屬思量如何鋪路，時有一些咖色液滴離心飛甩而出，結結實實著落在他袖口上，還有一部分就潑濺到托盤和紙巾去，漫漶出地圖不成形的山河島嶼。

江柏見狀慌忙說道，不急不急，你慢慢來，慢慢來就好。蓮藕人方才聞聲回魂，跌坐於有靠背的火車椅內，手臂軟軟垂在身側，暫時放棄了不聽指揮的咖啡。

大學主修心理學副修法醫（真是不想聽他細表第幾日第幾日的屍斑變化云云）的江柏，何其懂得啥麼時候該啟齒啥麼關頭要閉口。他最常被問到何以不就棍打腿乘勢而上（或曰順勢而下）索性持證上崗，去做心理咨詢師這類最能發揮專長的行當。一般人對此行業的認知，大概就是介於巫醫和神棍之間，神叨叨忽而將人催眠，時而又洞穿別家想法直指本心的吧。自此江柏醫不治己沾染職業病漸著漸深，看誰都像心裡堆積雜物成山亟待清淤，少不得上前望聞問切一番，也是藉機抒發平生未展之志的意思，一捲發條一旦抻開了，就再復原不了原樣。金屬疲勞癱倒在彈性限度之外。而那些過度的傾聽咨詢，教人有時難以辨別是診療抑或窺私慾作祟。一個自動生成開敞的地坑樹洞，也不免同時變作疑竇。一傾偈保不齊就是好幾家子的說來話兒長又長，子子孫孫無窮匱也，久之人固然博聞多識，知前所未知，更多是保存了不少無用雜訊，或呈魔音穿腦之勢在最不恰當的時分自動躍現來播放上一段，跳針跳針再跳針，人與之共進退遂跳腳不迭，悔不當初。

所以單一事項的背負，累加再累加如堆疊樂高，或像贔屭馱石碑般不堪重荷，任是鐵人也要垮塌，江柏自此學了一個乖去，凡事不要執著一念。廣積糧切莫深挖洞是也。

故而他另有牽記，對那些好奇他為何不憑本錢做本行的擺出少有的嚴肅面目應答道，他正是不想用太多未經驗證又有爭議的心理調適法去換口飯吃。百事可做，不必執念，似乎上到做同聲傳譯會議速記，下至扛麻袋包送煤餅（現在也沒人要燒煤球爐倒是真），五行八作，他覺自己沒有不能上手的事體，幾乎都是瞧瞧試試，鼓搗鼓搗，事功即成，也因太不費力，會有些不以為意，執著一念做下去的事情也幾乎沒有甚麼。有心無念，因之一直延宕或分岔。江柏畢業後做過賣彩票，電腦行銷加維修，甚至是更多臨時兼差的營生，後來他一度不告而別消失了大半年，再歸來時已身懷甜點麵點諸種絕技傍身，儘管他常時不時烤製些令人彈眼落睛的成品出來，脅迫親友做白老鼠心不甘情不願無論如何要吞嚥下新番完成試吃任務不辱使命。

直到其搖曳生姿的職業生涯，偶然來到電焊工的那一天，戴住鑄鐵面具（啊那好像游坦之或鬼丈夫的不以灼傷真面出現以免駭人），穿起厚實的焊工工作服，手持焊槍去實務演練了幾次。江柏終於被那熊熊烈焰，或許同樣也被自己何以悍勇至此做到刀耕火種的粗重活計雙重震倒。

在這一長串的試水未果，連連槓龜以後，饒你是鐵人也有脫力告饒的時候。故而江柏不無傷敗之感，為此趴伏家中休息很久，暫時沒預備好再出戰。

其間他人閒，桂花卻不落，玩心不死還接手了專心跑去待產的女性友人家中兩隻貓，脾氣好到不忍科普更沒質問責罵她豈可為了小人捨棄大義竟至軟性丟掉毛寶貝們轉手他人。所以他就高高興興做了年糕和豆包兩兄妹貓的新爹。又增添一則妙手仁心的紀錄。

兩貓皆絕育後不可逆不可控的發福，目測都在五六公斤的體量，已是貓中橫綱級別的選手。年糕因過重，飲食控制不善外加黃疸而先行飛升一步，留下豆包作了捨哥兒。

江柏亦哀而不傷，活著養，死了埋，來去各有對策。他循例去借了把鏟子，將年糕埋在後院的葡萄樹下。來年年糕埋骨處，葡萄未見得生得多麼健旺，卻多了一叢叢一簇簇毛蓬蓬的蒲公英，開著零落小黃花。江柏這時才露出有點傷感的面容說，到底是年糕聰明，知道傳個訊告訴我她回來看我了。老天愛早叫聰明人回去陪他鬼扯解悶，機靈貓也活不長。

哪像豆包成天傻吃傻睡，也是沒法幫他節食。白天我碗裡放得少了，他自己會去找沒開封的大袋子啃爛一角，拾落穗的嚼穀法，這樣一來那一袋就要走味返潮變質，還得另外分裝找鐵罐子把它們封封好。晚上他吃不夠，變本加厲到我房門前來撓門哀嚎，那種聲音之淒厲，就算是兩三點我也祇能罵聲幹，披衣下床來開個罐頭倒給他加餐。所以想想算了，貓生不過十幾年，想吃點甚麼就吃點甚麼吧。趁還吃得動，有氣力要吃愛吃，祇要他自己開心，能吃幾年算幾年。我們人不也一樣，專愛那些不健康的，一面要貪嘴，一面很怕死，好吃鬼和養生客根本就是矛盾的，都要顧全也實在太惜命猥瑣了。沒有色素香精添加劑，感官就不愉快，不是為了偷拐呃騙感官高興，請問你活著幹麼，直接泡福馬林丟玻璃罐不好嗎？

也許每個萬金油式奇人，他們最無法示眾的寶葫蘆裡面都藏著一條私密豢養有年的蛇，其療癒和傷害的效力祇有他們本尊方知，那煉製和形成的過程難以盡言。

簡直過分脾性和順的江柏，蓮藕人記憶中即使是他們同處反骨逆鱗滋長的青春期，都極少會給別人臉色看，更不會隨意爆發吼叫。他是天生的親善大使型人物。就算豺狼虎豹起意說要拿他果腹，大概也不致失面子而會有商有量。因此江柏永遠是被嘲弄、被分手、被隨心所欲撥弄的那個人。他吃飯奇慢。高中男生最愛圍觀折騰怪胎，用來代替他們折磨厭了的小鴨子、小白鼠。竟有一次，大家合力抬回便當箱後，小小圍坐起半個扇形來加油盯他吃中飯全程，群情激奮不啻於觀看路跑或職棒的熱騰騰。最好事的一位看著腕上並非秒錶改製的手錶，在江柏吞下勺內最後一顆飯粒時興奮大叫，昭告全場說：「哇哈，這次中飯時長總計共用時是一小時四十五分，他吃得最快的一次了，耶！」隨即全場呱唧呱唧大鼓掌。

就算哪地走水了，祇要燃著的房梁沒落下來打到他頭頂，江柏就會是行在隊尾那個走最慢的。他的未來墓誌銘簡直可以寫好人江柏，長眠於此。恕不接待訪客。云云。

蓮藕人連宵失眠，精神很差。他在困頓之際想到江柏，如同高樓頂頂一根避雷針。他選擇破帽遮顏赴會，確切說為了擋起胡茬橫生、獰獰不振的面容。江柏在預料之內，言笑晏晏，行道遲遲地來了。大約要逗他一笑，兩人坐定都沒講話，江柏仰頭，雙眼上翻嘴裡含混不清胡亂誦唱道：啊呀哎唷——木麻黃與木麻黃，木麻黃的外面還是木麻黃，木麻黃以及木麻黃的羅列，木木麻麻黃黃黃——

——你到底是有多煩詩人，一直要這麼幹譙他。

哦呵呵，江柏抓頭笑了，初衷達到，唱完收工。多餘的安慰話，不必再出口。

有年一起在他城旅行，送可再回收運用的紙袋給一家二手書店時，蓮藕人和江柏認識了一頭書店雨夜拾獲的紙箱貓（正好有進書用的方方正正一紙箱，像是知道他要來）。在諸位文豪的名字裡猶豫再三，他被賜名為托馬斯。圓圓銅鈴眼更像一頭小牛，黃澄澄的虎紋清晰如竹簾篩進的日影。此豎子愛蝸居於那裝書的立方紙箱，若非警惕看人，就是隨時一級戰備狀態發願炸毛跑貓。

那狹長弄堂雖然悶熱透頂，倒殘存下了幾分舊年風貌。不是常住民木獃獃走進去分不清幾行幾排，總會搞錯這一間和那一間店。但曉得到這裡來彎彎的人還比較內行，不像更徹底的外路客最多最多到和平飯店去聽場爵士樂，急吼吼一蓬頭到外灘軋鬧猛。

一座抽象為符號帝國的城市，脫水老葉脈沉寂之梗，想想都是厭氣無比的存在。再門檻精點的曉得去外白渡橋開開眼，或是其他略有門道的地方景觀，好玩營生之屬。當然時世遷移到認不出老樣子，早就沒人再用老虎灶燒開水，也找不到甚麼亭子間（且介亭哟，唉）、閣樓（不是同名刊物而是切切實實要抓歪斜小梯小心把自己裝進去）。屋邨是小伶伶一間，獨抱其身式的窄仄。

很久以後他才知曉橘貓與人親熟之後的任君上下其手，不帶半點保留地坦腹曬書儂懶相，完全不用刻意討好。相反那種無賴樣貌，很想讓人用足尖點點牠肚皮，當然是以著襪的腳輕輕點到為止就好。

怕貓的理由人分九種，個個不同。那時，他聽見某位恐貓港男一字一頓悠悠然吐送出完整句子：「他們毛髮血肉小小的骨感好得人驚」。粵音九轉，如釘如鑽楔入蓮藕人腦中，串連起蒙昧星圖，天地初創之感，多年的怖懼之源有了說道印證。

午後房檐，貓尾垂掛下來，接著是全部的後腳和半邊身子，時間不知不覺移步一格。街貓過隙，看人一眼就急急自尋自路，從樓體之間貓道遁去了。

我們也有洗貓歌喔，難得一次，蓮藕人隨貓女到貓醫院觀摩，聽到助手阿刀神色沉靜說，就看你要怎麼洗法。

洗刷刷那條歌嗎？他腦內登時有了無法計數的毛栗子開炸，一時漫天飛絮。差點連同此言一併凝凍舌尖，險些問不出口。

彼曲旋律歌詞，其無腦無識，蠢得令人想將歌者打包快遞去月球，撇脫與之一切可能的干系。

——不是啦，我們想到哪邊就唱到哪邊。貓咪怕水，唱唱歌讓牠安靜下來。

——你沒聽過提領而頓，百毛皆順嗎？

——怎麼會沒聽過啊。我阿嬤某一個時期超愛說這句，我聽得糊里糊塗，開始完全不知她在講甚麼，後來看到書上這句，才想起當時她說的就是這個啊。

——所以抓貓咪就要拎牠脖子後面那塊皮毛，喏，就這樣提起來，牠就乖乖不亂扭動了。也算是百貓皆順，牠頭不能轉，全身就軟塌塌很像一條狐狸皮啦。又有人講，給小貓洗澡要用豆麵，如同清潔毛皮。聽起來很像吃年糕麻糬，要蘸花生粉之類的。

——就算是吧。

——洗貓抓貓要訣，就像打蛇打七寸，這都是常識吧。

——可是青竹絲好美喲，碧生生的一長條，簡直像是柳枝。讓人不忍心下手。二胡上用的就是蛇皮繃緊，如果青竹絲活著的時候也能彈出聲音就好了。

竹林裡溪流淙淙，「此處時有虎頭蜂出沒」的警示扯了條狹長的鮮黃布幅，幽黯蒙昧細流內，似乎還混合了難以言明的礦物質，溪水很滑手，洗洗裡面有硫化物，然而那微微發散的刺激性氣味，也算是給各類企圖接近的小蟲小生物一個遠距離威懾？附近如果有蛇，想也情景彷彿。

——有次幾個人一起去爬山，看見條青竹絲打我鞋子旁邊遊過去，攔都攔不下來。我問個路，人家告訴我再走一百五十步就到，我腦袋抽筋想說，不是祇有百步蛇，莫非要新創一百五十步蛇嗎？可是又沒有這款的耶，難不成一條半百步蛇就可以了。就很困惑啊。

——你腦子還真是搭不牢，都沒見過像你這種的，好端端走個路，要用蛇來換算甚麼里程。

——或者百步蛇，或者百合花。總是要爭點好口彩。

嘩——

一尺九長剛剛好，這條就是吧。喂，你來看看啊，送給你做腰帶要不要？

助手狹邪一笑，嘴角指給他看的是一冊動物圖鑑裡面的蛇。目如冷電的斜睨，兩爬類動物常常會有的那種靜定又空茫，不可捉摸的凝視。令人心凜不由得後退了好幾大步。

——店裡好端端放這種書作甚，夭壽啊。

——這都是醫師獨沽一味，我們也跟著受害的。助手苦笑道。

蓮藕人溫和回望，小小一間診室，隔成裡外兩進，緗黃色軟軟垂簾，橫斜切割開不同的空間區隔。上頭圖案是貓天使帶著星星杖飛下來，下面歡喜的狗兒迎上直撲歡迎之。

南下之前，蓮藕人無意又路經其門。忍不住駐足多停留看了一看。酷醫師門口貼出一張方方正正桌巾樣告示，毛筆蘸水墨色寫就的，像是便條又似是要張掛昭示天下。到後面的字越來越淡，筆力弱下去字體也軟趴趴抽筋扒骨也似：且去修行。昏聵午後，薄荷綠冰白的長方形橫匾招牌橫亙眼前，蓮藕人不禁心酸眼熱。

上山，上山，愛。轉調變奏，那是貓女版本的進行曲，以裙裾掃擦過階梯，不斷向上攀爬，手持提袋瓶子，在老地方放飯佈水。山上社區前庭後院，都甚有林澤之美，提供住在其中的人歸隱的虛假幻覺。返景入深林，仙女隱身在噴水池一帶呼喚匿貓。旗桿尾的這色那色之貓，聞聲現形，歡竄不已。或恐相逢是夢中。這一時周身鱗片密布的，還是指間有蹼的，頭頂凹坑積水的，不分族類友愛精誠著。

偷喫了發麵起子的貓膨大成巨獸，逐步逐步屋內盛裝不下，漫溢出來占據了主人生活的房間、街道，進而膨脹擴散到整個街區，以其龐然體量傲然統領了整個空間，直到牠取消了時空並成為其本身。虎皮條紋的時間汩汩流瀉而下，生生不息。

就像多年之前，那一段歌詩裡面所寫下的：

「日晷儀堅拒負載我們去到夕光背面
至少還可留在虎斑貓的這一邊
糖橘色暖，就快要，溢出童話書頁緣
尚得狡捷腰腳隨時落跑
若未絆倒於某一刻度：芒刺陡生，不能撥轉」

不堪細味地，貓與老鼠，或人鼠人貓之間。那些年的相處，真的也都很辜負彼此。鄉俗死貓掛樹頭，死狗放水流，看來都何其輕忽。蓮藕人對貓猶懷敬畏憂懼之心的年月，省悟過來自己原來是不喜形似鼠類的初生之貓仔，漸漸，可以破執。

八十六高齡宣布封筆的老寫書人，嘆氣表示，他自覺體力撐不完下一部長篇了，所以決定到此為止也不錯。老驥伏櫪至此，已是完美收束。他在隨展覽一起播映出的短片裡講說：很高興作品代替他本人來到此島，寫作和繪畫雕塑兩樣都是情之所鍾，為此他最感謝的人是母親。

他製作的銅質雕塑形似一隻隻雞腿，或者，掛爐烤鴨？空腹的人不宜入內參觀。木質的黑紅白三色大眼貓，黃灰雙色的鈴蟾，不好好站崗，偷跑出來的黑帽紅衣兵士。這些更引人興味，好想帶回家去放在案上床頭。

那時蓮藕人正夢見橘貓，柔軟的金色皮毛如同蜜浸絲線，從枕沿床畔迤邐而下，如像天邊第一縷晨曦破夢而來。

山鬼書店和白鳥的故事

「不管永恆在誰家梁上做巢
安安靜靜接受這些不許吵鬧」

一

1 死在南方

「我今天穿過你們校園，從你宿舍樓下經過。」

「可惜現在我不在那座樓裡頭，不然就出來和你一塊兒走了。」

「好吧。」

「我們到底是誰比較感傷一點？你幹麼好端端傳這種簡訊來慪我。」

「我知道你很想回來，不過老實待在那邊繼續新的生活更要緊。」

「去年生日你送我的年輪蛋糕，那紙筒我至今留在手邊裝各種雜物。所以我想我還是愛你更多罷。」

「你真是老年人。我要進地鐵了，不和你講了。」

「不要又坐反方向啊。」

「知道了，不會啦。」

如同又回到和宜雲與簡明一起走過宿舍樓的那年，漫漫夏日，汗霧蒸騰。簡明留心著自行車輪不要輾到石子或玻璃碎。宜雲忽然問我說：「你家那邊是個甚麼樣的城市？」「一座憂鬱的北方小城。」書帶草在球場邊緣無知無覺地涼白著，天已向晚，我們慢行於南方的暮色裡。

2 宜雲：天臺有雨

暴雨突至。鉛灰水幕扯天扯地，細辨仍能分出至少六七種色度，一端是極黑的黑，一端是純白的白，中間似有一隻游移不定的手遷延往復抹挑鍵盤。雨的色澤和氣味時時變奏，並且騷動難耐，竭力要打窗隙門縫衝進來，同風應和搖撼房屋及室內什物與之共舞，漂蕩招展。

宜雲打她眼前批註校改的樣稿裡隨作者古怪彎曲的文法一路下陷，加之身下坐著的軟墊子實在舒服，越發不知凡幾。遠處望去，就衹看見她的工作隔間邊緣上冒出三分之一電腦屏幕，而她小小身軀隱沒其後，很像永無鳥於洪水來臨時坐在一頂帽子裡，守護著牠的蛋。她手上握了木鉛筆卻忘記畫線圈點錯字，要死了要死了，讀過去就完全記不得前頭講了些甚麼，可又根本沒法停下來衹能跟著它一路讀到盡，真是奪命的稿子啊。

日光燈數根光管大亮，因風搖曳，終於有一盞開始跳閃眨眼，暗暗一瞥之後飛揚得更高。「哇呀這麼大雨！」宜雲雙手一推桌沿甩脫稿子，跑去天臺上伸頭看雨。此際二十七樓下望，淒迷一片，視景模糊得如彌留之人散大的瞳孔所見，連往日最顯著的電視塔都徹底虛焦掉。「得把窗子和天臺門都關起來，不然潲水太多會打濕屋裡。」她有些遲緩地對自己說，像在下一道程序性的指令，全然沒注意到壁鐘早偷溜過十二點鐘，一屋子的同事都出洞覓食去了。

天臺上僅存的兩盆綠植本就好死不死，一逕蔫頭耷腦，不必多掛心它們。「怎麼辦，好像已經淋濕了。」宜雲奮力抱起小圓桌上一疊堆到形同樂高積木顫巍巍的書，向屋內轉移，等下袁應鴻回來肯定又要大叫，搶救要緊。她如是往返搬運了三五次，微微氣喘起來：「這傢伙真是的，書都不收一收。」胸口汗濕，髮上臂上都洇染了雨點。

在屋裡立得一立，稍事休息，宜雲再度走去關窗。右側的一扇窗似乎被甚麼卡住了，怎麼也拽不回來，仔細察看，並無異狀。如果往外再推出一個角度，重新關是不是就可以弄好呢？宜雲一面想著，一面用勁將那扇窗向更開敞處推去。許是氣力過猛，本來不夠牢固的窗鉤從她手中鬆脫，自由落體到樓下去了。她的右肘狠狠撞擊在窗體上，給冰冷雨濕的玻璃激得心頭一凜，右臂痠麻就此失去了知覺。她整個人重心偏移歪倒在窗邊，探身在外，掙扎著想把右臂收回來，不過它已經完全不聽使喚了。這時右手邊那扇窗子上的整塊玻璃，卻在以一種近似蜻蜓棲落葦草尖端，漸漸斂翅停止振動，或是蠑螈蛻皮時尚未完全退淨，水中一部分舊皮浮離身體而猶有連帶的輕盈姿態，慢慢從窗框中脫落出去，且收疊起來，如同一件透明雨衣越摺越小，纖維柔軟，最後收縮成一個降落傘包那樣，徐徐下降，直至消失在視野中。

宜雲看得癡了，雖然已無玻璃的摒擋，她的手臂仍舊活動困難。天色陡然烏沉下來，狂暴風雨挾捲梅核大小的冰雹長驅直入，宜雲被吹打得睜不開眼，臉上著了冰核的敲擊，疼痛若鑿。一陣攙帶黑煙也似雨雲的狂風接續來襲，直接將她掀倒在天臺地上，右胳膊從窗邊脫榫而出，筋骨一時感覺皆傷，半分也動彈不得。尚好後腦著陸的是柔軟地毯，舌尖墊在上下齒間擠咬出鹹津津的滲血。「這是甚麼鬼天氣啊！」即使是過去颱風雨偶然掃掠的時候，也不過風尾過境，有情有意灑落一些雨水，至多放倒幾棵樹，使之橫陳道旁。風水清冷相應，交響窗際，可堪悅聽。宜雲勉力用一隻左臂支持身體撐坐而起，背靠小桌，怔怔在天臺地下發呆看雨。書搬完了，窗子不知去向，雨水繼續洶洶而入，她腦中一片茫然。

3 翰藻：不良於行

「你來得實在很不巧唷。我前兩天興致一來，又一個人偷跑去走了很多路，結果膝舊傷復發，不得不緊急救命連環 call，叫好兄弟夜半開車來把我撿回去，好沒尊嚴的。

醫生要我三個月內別走長路，不能隨意跑跳。所以這次要失陪了，不能帶你去各處踏查啦。雖然我覺得呢，捨命陪君子是美事一樁，但是你也不想看我腿廢掉，以後都沒辦法走路要坐輪椅罷。在淺灘走走認貝殼看螃蟹總還是可以，不過一路暴走走上去到北部啦，機車單車環島啦這些你就暫時不要想了。」翰藻望住我笑笑地說著。

「沒關係的，主要是看你的情況，量力而行就好。其實我也不大能走的，最近幾個月來基本都一直坐在桌邊不動，恐怕一氣走不了這麼多路。上次問你環島的事情，祇是先把經驗收集起來做個預備，等時機合適，再去不遲。」聽了他一番說話，微覺失望的我，拚命這樣對翰藻講，好教自己也服膺這一套說詞，不會再起反動。

「你肯定還是很想去海岸暴走對不對，不然我們在北部約見過就好了啊，你幹麼還要跑下來東邊再找我呢？這邊的人工建築都醜死了，祇有海岸、溪流、山脈和斷崖是可以徜徉其中，久看不厭的。偏偏這次去不成，唉。」明亮圓大的眼睛骨碌碌閃光，如玻璃彈子一樣時刻跳躍不息，一些些心思都落在那般的機敏狡黠裡。水月澄澈，映照出每一印鳥羽的紋路，且有所收管。

「你的屋子也很美啊，簡直可以開放做藝術空間了吶。」我環視四壁，讚歎不已。

「我可不想把私器公用啊。順便告訴你一個祕密，這邊的民宿很多都不是本地人開的，是一些莫名其妙的人來開的，和北部的旅館簡直沒有甚麼差別，除了是在海邊，可以看到海以外。但最多就是躺在傘下葉公好龍地遙望海而已啊。」

翰藻有時會漫步很久，或者背起相機特地去走，拍下沿途遇見的昆蟲、鳥類、雲朵、天空、溪流與海洋。他並不是像時下深受日本流行美學浸染的青年們那樣，意在炫耀自己的單反或 lomo，將那些清新感傷的畫面 po 到自己網誌，抒發無聊的小情緒就算大功告成。「他們大部分都拍得好爛喔，而且是看到金龜子就會像發現蟑螂一樣昏過去的人種罷。」翰藻不動聲色地嘲笑那些人說。

門外起了微弱的貓聲，之後漸漸嘹亮，拖長為持續的抗議。翰藻同其咪喵問答，轉向我說：「Darkie 來叫我去給她開飯。」說著走去取了一聽魚罐頭，啟開放在桌沿，穿上鞋。「我可以一起去看她嗎？」「好啊，但要小心，Darkie 是不允許生人近身的，很喜歡忽然咬人，所以，非禮勿動唷。」翰藻拉起袖子給我看右手手背至腕的部分，「這就是 Darkie 的傑作，昨天祇剩雞肉了，她最不要吃的就是雞肉。」「真是完美的爪痕，Darkie 有望成為很好的雕刻藝術家呢，請問這要算是印記或是戳記？」翰藻不語，輕聲低喚著

Darkie：「meow, meow…」毛色亮黑如鴉羽的貓應聲疾衝過來，四仰八叉挨著翰藻腳前躺倒，雪白肚皮朝天向他示好。褐衣人俯身拍拍她柔軟的腹部：「看看西瓜熟了沒有，是紅瓤的還是黃瓤的？」我趁火打劫，彎起右手五指在她頸下抓癢。Darkie 眯眼咕嚕起來，似乎不以我為怪。「看來你面子不小唷，一般人膽敢這樣冒犯她，她都是直接一口咬上去的。」「初次見面，討好她一下總不至於要恩將仇報罷。」

心滿意足的 Darkie，埋下頭嗚哩嗚哩地大口吃著罐頭。

「有貓萬事足。Darkie 和 Skinny 在身邊，就覺好很多。她們不會和我討論，但寫文章時可以陪我。」

Skinny 是找到時瘦骨嶙峋的白腹橘背貓，拚命藏進花壇裡不打算出去。被翰藻定時定點投食餵水，繼而捉去除蟲打針以後，健康地發胖起來。「現在該改名叫 Bubble 了，氣吹的一樣，漲鼓鼓的。我常懷疑她是不是偷吃了麵包酵母，雖然我家裡壓根沒這種東西。」

「怎麼不見 Skinny？」「還在外頭玩沒回來。Darkie 吃魚，Skinny 吃雞。井水不犯河水。Darkie 嘴巴刁得很，不肯吃貓餅乾，專吃罐頭。每次我祇有把貓餅乾平鋪在罐頭上面，她為了吃下面的罐頭才會不得不勉為其難消滅上面一層貓餅乾。要是把餅乾和罐頭拌在一處，她必定單挑罐頭吃掉，餅乾撇下來。Skinny平時不吃魚，Darkie碗裡偶爾剩下的魚，Skinny卻會上前去一掃光。」

我癡篤篤聽翰藻講他的貓食經，此人滿臉洋溢偏憐嬌寵的深情，渾不知夕陽之西斜。

「呀，有白鳥飛過！」我不禁大叫。一瞬之羽，雪光一粲轉瞬消逝於雲天外。

「你看到的是白鷺而已。海岸附近，白鷺是最常見的鳥啊。」

翰藻意味深長地一笑。和柴郡貓恰好逆序地，那個笑容漾漾而散，他人還立在當地，倒映在我驚奇不已的眸子裡。

二

1 宜雲：巨翅來客

胳膊彷彿沒有起先那麼痛了，不管那扇窗子怎麼古怪地消失不見，都應該想法去找塊塑膠板之類的東西頂替它暫時遮擋風雨。宜雲終於從天臺地上站起來時，衣褲都被打得很濕。地下沒有地毯覆蓋的部分積了小窪的雨水，地毯同樣也是潮嘰嘰的。「等到出太陽時，得撤掉拿去好好曬曬，不然要生黴的。」宜雲暗自想道。

雨勢小了不少，細毛刷搔爬一般，好像是存心抓撓城市的皮膚。前幾天宣傳活動之後，帶回來的大幅海報是塑料製的，反正也不會再用到，那就借來應急罷。此時它大概是在某個屋角收成克制的一個捲筒，要麼就躲在某位同事的格子裡，需要尋上一尋揪它出來才成。

宜雲從靠壁的書架和自己桌椅間的逼仄窄路中側身而過，張看著海報可能潛伏的位置。由於目光始終保持在仰視的角度，她覺得腳尖似乎觸到甚麼軟綿綿的物事，不免低頭下望，懷疑是椅墊掉落然後被她踏到了。「啊——」她發出一聲被壓抑在喉嚨裡吐之未快的驚呼，像給人攥在手心裡捉到的雀子，旋即向後跳離了一大步。

那是一隻體型很大的鳥，展翅開來兩翼尖之間的距離足有兩米多。本來該是白色的羽毛有些灰撲撲的，相當凌亂。

要是在B市就好了，宜雲記得那邊的鳥類救助中心與她就職的出版公司幾乎就是比鄰而居，即使漫步走晃過去，都不過一刻鐘樣子，她有幾次貪新鮮，跟朋友去那邊看過數天連放的生態紀錄片影展。朋友是動保協會義工，常常去參加生態環保活動。

那時一起的有個和朋友算是革命同志的小尤，短髮的高挑女生，對於照料鷹隼頗有心得，平時在猛禽管理部上班。鳥類會有印隨行為，她甚至被灰背隼在發情期誤當作雌鳥追求過，而感到又興奮又困惑。「連衣服都讓他的鉗子嘴叼出幾個透明窟窿來，那是我最喜歡的羊絨外套啊。主要我也是擔心萬一他把紐扣啄掉吞下去怎麼辦？黃銅的又很大顆，可能會卡在消化道裡窒息，要送醫去胃部開刀。因為他認得我，並且認定了緊迫盯人，所以怎麼躲，或是換衣服都沒用。最後祇好忍痛將他移交給我一個男同事代為照看，等他恢復到可以飛了，就放還。」

小尤以手指摹擬出灰背隼叼啄的動作，尖尖的鼻子微翹，顴骨上幾點淺淺雀斑。這些對於宜雲來說都是陌生新奇的經驗，好玩又有點怕怕。朋友和小尤輪流向她講過不少有趣的動物故事，灰背隼這一節，太超乎尋常因而她記得格外牢。畢竟比起她們，她祇是留在人類慣常的這一邊，淡淡看著，也許還有點怯怯的。一旦付出愛和心力，就必須續航下去不能輕易中止。宜雲老是覺得自己笨笨的，力有未逮，難以產出再多能量去分給其他的生物。她想做好經手的每一本書，再照顧好豌豆和簡明，就差可告慰己心了。

大鳥似乎輕輕顫動了一下（就在宜雲迴眸閃神之際，時間跳過一格），雙眼緊閉，但從外表看不出傷痕或血跡，時而近乎抽搐地伸長頸子，隨即又向某一邊歪倒過去。淋濕的羽毛在身上貼成一小撮一小撮，有些部分相當凌亂，像是快要散掉的羽絨枕頭，大量羽管如戟刺出，外面的枕套已經快要收攏不住了。

2 翰藻：山鬼書店

山鬼書店不設咖啡座，祇賣一種飲料，甜得要命的草莓茶。零錢罐扔在小圓桌上，不一定要塞硬幣，全憑自覺。冰塊一大桶，放在如同無物之陣的冰箱裡。誰來了自己用掛在墻上的鐵夾挾取。那鐵夾不知為何看起來就像從甚麼點心店順手牽來的，用玫紅尼龍繩編結了一條繫帶，像個飾物一樣終日懸吊在旁。主人經常不在，顧店的女孩子是薛荔和女蘿，一個短髮，一個打兩條辮子。平時店中人煙稀少，倒是有個中年客每日一早必來報到，名喚浦先生。他來了也不招呼人，徑直坐下，面前一杯黑咖啡，咖啡杯並列的是墨水瓶。浦先生苦役般填格子寫稿，一個個字揚手擲入紙上。唯一長守店中的是店貓陣無，脾氣陰晴不定，時而嬌憨時而臭臉的橘子貓一頭。好在陣無已六根清淨，不會衝動失控，濕書為記標畫地盤。陣無嗜食花生醬，且獨占一味，永不厭倦，不會吃醋。浦先生如獲知己，會輕撫陣無的頭以示親愛。人貓相洽，其樂融融。有時候浦先生寫毛筆字，蘭花咿咿呀呀爬了滿紙，陣無在一旁翻滾佔據了大半桌面，於是蘭花沒有遠播天邊種成一片夢田。浦先生老派人，抽菸斗用手帕，菸火燃起時滿室橙花香，讓人忘了該提醒他別在室內吸菸。有一次火星燎到了書角，澆上一整桶草莓茶才滅掉。後來浦先生自掏腰包買回那本字典，走出書店的一步步腳下踏出草莓茶的濕跡子。陣無伸個大懶腰目送他遙遙離去的背影。浦先生活像住在毛筆畫線繪就的九宮格裡的蠹魚，不需太多吃穿人際也能一個人淡然度日。偶爾翰藻在顧店，總是買炒麵來做午餐，香氣四溢，浦先生絲毫不為所動。

尾聲

翰藻的第一本書稿也許不會按時出版了，宜雲要離開原先的地盤，轉工另謀出路。或許改變是好的，正如新機是好的一樣。所有白鳥的羽翼，在空氣中輕輕托起而後逸散，消失於不知名的旋流。生時它們曾經輔助飛行，肌體逝去後，徒然淪為無用的裝飾。宜雲回到家中，望著她的窗簾：一行行比肩停棲的水鳥緗黃灰藍相間，各自憨憨垂首；唯有每隔不定的格數，便得一頭白鳥回頭後視，長喙鮮麗如櫻桃甜熟之色，靜定媚然。總是有不同尋常的預兆，才保留下翺翔之可能。

燈花

鄭真早晨出門前說錯一句話，於是整天都不順當。

千不該萬不該，再不奪門而出就極可能誤事的時間臨界點，他還情急在書桌危顫顫文件堆內扒尋要帶走口考的那本論文。昨晚連夜鏖戰，倦極拋冊而眠，明白記得特地就丟在外層備用。才這一會兒工夫，居然雲深不知處。太太甩著指尖水珠立在門口，作壁上觀地似笑非笑，鼻子裡送出點氣來。他暗自作怪著為何她不進來幫找，反而能安穩看戲。越惶然越是節律扭歪，案頭全員檢閱過好幾回，仍是一無所獲。就快來不及了呀，莫名遷怒之下，他衝口而出：「別人家老婆都是紅袖添香，我看妳是紅袖添亂！」太太無端受此指責，當然不依，旋即回敬道：「昨晚是誰叮郎咣噹，一會掉了東西，一會要開大燈。折騰得我直到半夜都沒睡著，現在還頭疼呢。」鄭真恨恨說：「每次都是妳，美其名曰打掃衛生，收拾一回我就甚麼都找不到了。」太太懶理他，回身退到廚房繼續忙活去了，隔空射飛彈，丟過來一串話：「這次你可賴不著我，整晚你都自己待在你那狗窩裡，我睡覺還來不及，哪有空管你那堆亂七八糟？哪天等你不在家，我不耐煩了就把破書爛紙統通打包，一齊送去回收，也算是做了功德。家裡敞亮了，你也省心再不用找甚麼了。」「妳敢，要是動了我一張紙，我就把妳的玉拿去抵押掉，波波送人！」鄭真幾乎是咬牙切齒迸出這句的。波波是他們收養七年的長毛黃獅子貓，每日嬌昵蜷伏太太膝頭的寵兒。當年他們共同的老同學夫婦移民溫哥華，此貓溫馴膽小，恐怕不宜坐長途飛機，遂託孤給他倆，就此做了寄爹寄娘。時日既久，重團圓看來也無甚希望，便順理成章又變成繼爹繼娘。

你倒是動牠一指頭試試看啊！你那些個秀才人情，頂多值半張紙！少來和我瞎打諢！

這下輪到太太緊張了。鄭真不由得心內竊笑，嘿嘿，踩到妳痛腳了吧，果真知妻莫若夫，枕畔幾十年，夢魂都給偷聽參詳去不老少的吶。

所謂愛甚麼就會讓其成為軟肋，對貓兒寵溺到無法無天，不，幾乎是對一切她勢力範圍內觸碰得到的死物活物都耽愛。這些奇癖太太可是都佔全了。玉如先外地，後又到外國念書，常年不在他們跟前。滿目山河空念遠，這貓兒雖祇是四腳眾牲，他是決計不可能忍心捨得將牠拱手送人的。休說這樣，每日每天餵食添水，剷屎梳毛，哪一樣不是他顧到。太太祇管摩挲撫摸，餘事負手聽政。

充其量為了口頭上和太太扯平，五馬六羊銀貨兩訖，兩公婆鬥嘴也不能吃虧嘛。鄭真不過是要虛晃一招，達到不失風勢的目的罷了。饒是這樣嘴裡說著，他手下不忘加速掃蕩，企圖以誠感召文件自動現身，好省去捉拿的麻煩。皇天不負苦心人，鄭真以昔日校隊打排球的好身手一個魚躍，從書桌肚底拉扯出不知何時悄然落在那裡的論文影印本。成功達陣！他得意哈哈著向外跑，幾乎在樓梯上跌跤，真是仰天大笑出門去啊。

別走，你混說夠了就算了嗎？給我回來——他身後傳來太太怒意猶盛的大叫。

鄭真一面開車出庫，一面按著方向盤有點莫名傷感。也許人到中年，情緒和身體都不那麼靈活自主，並不是全天候聽自己管控的。女兒如在眼前，應該會拉偏手來幫他幾句的。她和父母感情都好，但小時候是他照顧女兒的時間多些，讀書、寫字、養魚，給她講自己發明的故事聽她再胡亂編造回來，都是父女間的樂趣。等到女兒讀了小學，都是他開車接送上學散學，如下午放學早了，他們夥同一道躲在車內，吃完太太明令禁止的各種零食才回家，從冰淇淋到羊肉串品類俱全。那一階段這是父女私享的最大快樂。不過太太常會發現端倪，祇要他倆晚飯吃不多，她就知道肯定是在外面亂吃了甚麼。依她心情好壞來選擇說不說破，有次太太不無羨妒地說，下次你們吃甚麼，也帶點給我嘛！要不要一起去吃——鄭真下了戰書問。太太分明好奇想嘗試，卻難以突破她潔癖不吃路邊攤的彆扭表情，在臉上糾結起來，父女二人又是一塊笑到捧腹跺腳。

女兒長大了，要擔心的事情倍增。幾年前一個耶誕節，一向和家裡報備去向、從不外宿的女兒反常延宕到轉天清晨才回家。鄭真看她臉色凍白，像聖誕樹頂高懸的銀藍星星，似乎神色有異。當下也不忍責罵她，妳怎樣——他顫聲問道。女兒斷斷續續講說和朋友遇到認錯人的醉漢，受了驚嚇。那滿嘴酒氣的男子大張雙臂喊著瑪麗安妮之類不知哪位女友的名字，迎面走過來，一下抱定了她，咧開大嘴哭得天崩地裂十分之傷心。她一面說先生你認錯人了，一面奮力掙脫。醉漢仍然不依不饒質問說妳如何會狠心到連我都不認了。一旁的朋友見機拉起她飛速逃跑，丟下一句你再糾纏就報警了，她們才得以脫身。她因驚魂甫定，很怕一個人回家再碰到甚麼鬼，就暫時去朋友家洗漱壓驚，也借宿了一晚。

鄭真撐著一夜無眠的黑眼圈聽女兒講完，放下了半個心。節慶狂歡後的繁華之街，向來都是理所當然的撿屍高頻發生地。昨夜天寒，地面結了薄霜，不容他不隨生一些過度擔心的恐怖想像。驚心有餘悸中，他把積壓的情緒傾吐出來。昨天妳電話沒電了打不通，我們也差點報警，他咆哮說。

——爸，你別着急，昨晚雅馨手機也出了問題，她家電話又壞掉了，我看那時天很晚想你們應該都睡了，就沒再找別的電話打回家。

——真是的，哎，這麼不湊巧。妳沒事就好，沒事就好。他無力跌坐沙發上仰首向天，半晌回不過神來。

反是女兒鎮定得多，趕快去從水壺裡倒了杯熱茶來給他。她且絮絮解說著，我想他就祇是很想找回那個女生吧，也許我和她長得有像。

鄭真飲不知味，舉杯一氣灌落肚。回神屏息，才遲遲吐送一句話，嫋嫋如炊煙雨繩。往後妳自己來去都要多加小心才是，我們一把老骨頭，再經不起這樣驚嚇。以後有甚麼事都叫順平去接送妳來回，或者叫多幾個人，美雅她們一起陪妳。不要一個人出門了，兩個女生深夜在外也一樣不安全。女兒乖巧點頭稱是。

養女孩子到底是費心思更多，恨不能時時刻刻護在手心，否則就掛個無線紅外項圈時時知她動向。鄭家誰試製成功的一隻礦石收音機發出薄冷的樂聲，《望春風》的單音曲調羞怯怯放送出來，雖是一支完整的旋律，卻孤伶伶好不淒清。似乎收音機自己也不好意思，嫌這調子寒磣，很快就又悄無聲息了。

鄭真忍下沒對女兒多訓誡的是，女孩子該悍勇時一樣要悍勇，不然也太落漆。學生裡有人和他哭訴到企業實習，被無良上司羞辱，寫好的工作報告打回來，揉成紙團投在她眼鏡邊框上，差一點就擊中臉頰了。他聽了怒不可遏說，你們七八年級要有點guts，這時還不出手嗎？要換我們四五年級的人，隨身暖水杯就給他扔回去了。這甚麼公司，待都不要多待一天、還要去投訴他們怎麼可以這樣惡劣對實習生。的確，鄭真多年都保留了事必躬親，不怕勞煩的習慣，家裡管線出了小問題，都會先自己拿起扳手來試擰水管，實在沒咒念，才打一通熱線去請管道工人來修。

女兒善良能容人，這點他頗欣慰。放在案頭的喝水杯是女兒父親節送他的趁手瓷杯，上書「我不是一隻紙杯」的kuso英文。如今他還是不甚習慣透過那隻小小的攝像頭看到女兒面容。他不喜歡攝像頭鬼鬼祟祟的模樣，小花枝，大透抽，像頭章魚蹲坐在那邊，盤捲舞弄著那些多吸盤的腕足，骨碌碌的圓眼正凝望著他。

英格利息賊死為（English This Way）。女兒啊，妳為何一定要負笈外洋去讀甚麼鬼英文呢？

女兒未出國前交往過的男友順平，是個滿好的年輕人，身形頎長也登樣，斯文喚他伯父，而不是隨口而出的伯伯，反讓他有種時代錯誤，坐到仙人掌椅遭蟄高跳而起的不可思議。他頂喜歡年輕人穩當細緻，待長輩禮數不輕不重，知其進退就好。順平在這點上難得合他的意。

至少他不像某一類見多即頭痛的新世代人類，往那邊一站，自成的九彎十八拐身姿（這孩子是水蛇腰？），頭髮一定略用摩絲抓高，自有其漂撇之致。如今毛茸茸刺蝟頭會遭同儕笑話乖、土，沒意思吧。或是在極其詭異的時間，電話那頭忽然說送論文交功課來，罔顧老師不是神佛菩薩便利超商二十四小時無休，隨時提供各項服務不辱使命的。

但人品平滑有時或者會成為並不討喜的理由，順平是這樣，他自己年輕時一度恐怕也是這樣吧。一個人生了張標準的好人臉，有可能迎接他的就是半生被發好人卡的命運了。女兒不記恨誤把她當作女友的醉漢，猜他大概失戀傷心不已，看到有些相似的面貌在酒醉中就認錯了——我想他大概就是把我當作他以前認識的人，估計我和她長得有像。

好死不死，一夕夢回。這句話循環播放耳邊揮之不去，鄭真想起了他竊慕過的香港學姊。她是大二轉學試之後分來他們班上的，年紀大他們一兩年，過去交往過臺灣男友，膚色偏深，胡姬混血一般。鼻梁算不得標準美人山稜分明，鼻頭小圓有幾分憨媚。然而她心思和眼眸一般，幽深難測，史幽探。粵英臺日都講得來，唯獨國語生硬不暢，那有所阻滯的語調成了她的個人特色，風格化。

她身形嬌小，即使皮膚不白，仍該納入香扇墜類，而且是紫檀。額髮修得短短薄薄，精靈模樣，不染色亦恍然有酒紅金棕栗的反光。她愛穿嫣紫玫紅，就算黑色衛衣洗舊在她身上鬆鬆皺皺，也見出常人不及的慵懶風流之意。閒閒她在頭頸裡吊著一小墜子的金飾，那心尖歪向一側，閃耀著啞啞古舊之澤，左腕上的開口銀鐲呈U形。若不是她那種說不出的氣質，這些飾物本來很容易拉得人老衰俗豔，但她反將它們戴得生動起來。

一個時期她愛各種耳飾，譬如長長樹葉形吊墜，落在肩頭和髮尾打架糾纏。買了很多對不同形制的替換著戴，更把她的不可測變幻出太多形貌。

鄭真切切實實教她迷住了，因此得到一種友誼和侍從之間的特殊身分，有一段時間常陪她吃飯。他們之間僅有的一些對話，大多都是關於食物的。也許他有個這樣的姊姊會比這種苦等無言的結局要好，當時卻不覺得。

學姊有次考前熬夜太凶，考完他們去吃晚飯。她睏倦不已，惺忪手滑，手腕軟弱無力到捧不住碗，一碗酸辣湯都合在他身上。他默默擦掉，又幫她清理乾淨桌面。此後他的衣服和書包有將近一個月都飄散著香辣之氛。鄭真好意把面前一碗沒動筷子的河粉推給她吃。她看到一層麵上漂浮的綠色羅勒，尖起鼻子嗅聞了下，又自動皺皺鼻子收回手說，啊原來你喜歡吃這個。

——小時候媽媽常做九層塔炒蛋，說吃了長得高，我漸漸就習慣了。

——可我最怕那味道，一切有氣息的調味菜，像是蔥、蒜、韭菜、香椿、香菜，我都不吃的。

——我本以為你是會喜歡這些的。

——才不，吃在口裡都好葷腥。我也很怕芒果、木瓜和榴槤，非常非常撲鼻鬧心，有點要昏倒。

她喜歡吃得很甜很甜，一柄勺子伸進果醬瓶，半碗就本書下飯，很快就挖剩小半罐。這樣不做佐餐，不塗麵包片，豪邁舀來吃的吃法，他生平僅見。她還喜歡偷蛋糕浮面上嵌的水果或層層間黏合的果醬來單吃為快。後來牙齒壞掉了，就稍微收斂些。麵包半塊放在窗臺，可樂剩下了殘液都會招螞蟻列隊來嚐。

她興起時常會做無約束不問後來的事，例如把身上大部分錢都買了皮夾，皮夾裡卻沒有餘錢了。這時她會開玩笑般伸手到他褲袋裡來，討零鈔日常花用。他配合演出大方說，這些散碎銀兩都打賞妳買酒喝，儘管拿去。而她是真的菸酒無忌，生冷不拘、胃口勇健之人。這種她先發起的不羈時刻，鄭真才敢六觀法，望聞問切相相面，仔細盯住她好好看一看。我要這樣才知道妳是真人假人，說完他握住她手腕。她並沒如他預料地甩開，如同那次在羅勒前收回手，不過她低下頭甚麼也沒說。

在鄭真心裡，她永遠都是青春魔女精靈模樣，私下他為她取的綽號是小鬼兒。他卻始終沒敢當面這麼叫，怕她翻臉。他不甚清楚她的界限究竟在哪裡。Fairy、蜻蛉、金綠、nymph……這些詞都教他想到她。她總是活潑跳蕩，於底色上又有細緻褶紋，放空想事情的雙瞳煙水茫茫失神。

她最為坦白的一次是笑吟吟對他說，未見其人前先聞其名，會有種他是那種肩膀寬厚、高大俊朗的世家子弟，且是外省兒郎，秦漢之屬。這可真是名字的過度聯想印象呀。再誇張點說不定就把他無限抬舉成艾爾．帕西諾或田村正和了。

——我啊，看名字的話寧可我還和陳真比較像一點吧，我看你硬要說陳映真也沒差。鄭真退了一大步打趣道，頗覺受寵若驚。他沒底氣，也不覺得自己會有那麼好運氣。

一次匯演，她居然穿了旗袍，跑到面前特別要他看，還說，怎麼樣，因為你喜歡看這種衣服啊，否則我才不要穿，老氣沉沉，像剛從地下挖起來的。鄭真當即呆住，他還在分辨句意的時候，她又跑走了。平時她從不穿古典式的衣服，都是螂臂猿形，怎麼看怎麼瘦到窒息，瘦到尖叫，瘦到不行。瘦到了人比黃花菜，不，金針菜瘦法的瘦腿褲，已非鉛筆褲可以形容，祇能說是規腳褲了。

她……

鄭真昏昏沉沉掉在無盡的回憶迷宮裡，他不記得怎樣完成了學生的論文口考，也記不得之後的榮休晚宴怎麼度過。他祇是機械地推杯換盞，把整個人讓渡出去給無窮無盡的外人外務，最後收回來自己，已是一隻無可辯駁的酒罈子。

他用盡最後一點理智開車回家，最後一點氣力開了電腦看有需要回覆的郵件否。畫面跳出一大張來，是女兒。畫質問題還是他醉眼朦朧，祇見一屏水波搖撼的臉，活動人形，照片逐漸清晰起來。他按了下載鍵，照片們叮叮地一聲聲掉進隨身碟儲存好。他要留待洗印出來再收集成相冊，如今膠片已是前朝遺物，可彩色噴墨打印，這樣很費墨盒的哎，難道要用針式（「想知道還有誰正在用針打，請從這裡往後看！」），還是古老色帶嗎？

這些不重要，重要的是女兒在郵件內文裡寫說，她已在瑞典隆德市政廳成婚，且掃描了一大張結婚證書來，末尾是署名和日期。原本想過的海邊婚禮由於風大，頭髮要亂成瘠婆，就不成了。

照片裡女兒笑得齒光粲粲，身著奶油色長裙，手裡握住小小一球捧花。那橙花的香氣似乎穿出屏幕，直接送到他鼻管內。

大宅

「大厝九包五，三落百二門。」

祇要想起一生中後悔的事……哎，那就能不能別去再提它了啊？

譯者隨身攜帶一方粗重黑大的筆電，裡頭當然盛裝著他未完的譯稿。如此這般活計不離手地陪我上路，情誼誠摯令人感念。在如舊似新、依稀夢中何年到過的小巧車站路畔，雅芳已停車在等我們了。這是行程中的第二站，人的能量維持在7～80％的熠熠狀態，算是頗幸運了。雅芳精神很好，一如去夏在他城相見時的樣子，額頭、眉角自有一種緊張又愉快的光彩。她忙亂大找了一番鑰匙和電話，最後發現它們都好端端待在包裡面，乃精神鬆弛下來放心同我們講笑。

譯者頗煩心為何簡簡單單一本書裡，餅乾不能老實叫做餅乾就好，非要抽筋換用三個不同的詞。令他統稿時感覺甚是火大，且毫無必要地費了太多功夫奔命於碎餅乾屑之間，好不划算啊。雅芳笑說看似相同的一個詞在不同的地方出現，給人的印象本就太過相差迴異，好比有房子住時是尋常，不覺怎樣了不起，動真格的從無到有，白手起家找尋一間自己的房子卻好難。西西寫過香港青年男女《看房子》好貼合世情實況，無家可歸的愛侶比《傷逝》的情況還要不堪。豈止愛要有所附麗，天地寬廣何處寄身是最大的問題。所以餅乾和房子，變化多端都自有它們的道理。

譯者聽了這番話，不那麼能消化理會，他說，人活著真是好麻煩啊，但大家都還在不斷自找麻煩。就像我當初也是頭殼壞掉才會扔下正職變閒人，最後來做甚麼鬼翻譯，活活勞心耗命。雅芳說，人是會順從本性走下去的，你不要做朝九晚五一般的上班族，那可見你愛好自由的心占了先。不然太多人都順從軌道跑下去，都不想要回頭看看自己到了哪裡，盲目祇是求活，不是渾噩終日，就早晚會爆發自問為何活在這裡活成這樣。自我大反動大起底是很傷耗的，早想清楚些或許更好呢。譯者繼續苦笑，算了，說這些都是空談，我祇想顧好眼下便算。現在也真的是餓了，不如妳帶我們去吃晚飯吧。雅芳說，對啊，做甚麼都餓著，先吃好飯再說。

我們一行三人隨風潛入夜，帶著滿腹的虱目魚湯之屬隨雅芳回到車裡。府城的晚風吹拂之下，再愁眉不展的人亦可忘憂。大家都舒了一大口氣。雅芳講要帶我們去住宿一個神祕的所在。我和譯者都頗感興味，一心猜想著那會是啥麼樣的奇異地方。譯者興奮不已，立時伸了個一公里長的大懶腰說，啊哈，我現在就好想馬上躺下來倒虆，一覺睡到大天亮去呀。

車子七彎八繞轉過半個城區，我們來到視野與之前大不相同的一片區域了。在雅芳的前路引領之下，我們先是穿行過一個布滿了假山石、池水和造型樹木的庭院，又來到前臺接受了大廈管理員的詢問和檢閱。雅芳為我們兩個陌生客特地解釋說，是來暫住一下的朋友。管理員起先的狐疑神色才緩釋解除，變得較為和悅可親。雅芳且細心問過他用電和網路的問題。至此看來我們的大小顧慮都一一得以解決了。

有一盞金色星子般小燈高懸的玄關，我們停下來換鞋子進屋。雅芳順手開了屋內的大燈，房間軒敞而明亮，似是個一人安居的理想地。而滿壁的書架連格尤其引人注目，雖是新屋少有人來住，人跡不濃之感，架中書冊也擺放不多，疏疏落落。但通壁式的一面書架牆，是太多讀書人肖想良久而不可得之景。雅芳感嘆地說：「這整所房子裡我最愛的就是這部分了，好想有一天能開心地把書拿來填滿這些格子。」譯者附議道，這房子真的好讚，我要是能一個人住在這裡，做夢都會笑醒吧。

雅芳說，建議她買這一層的是位很好的朋友，甚至把鑰匙給她說可以自由來去，甚麼時候想先來住住體驗感受都沒關係，不急著做最後要怎樣的決定。朋友本來買定後，打算要來住，結果發現南北兩地的工作生活好難平衡，平日仍是以臺北時間為主，與其閒置，不如就出手轉給有需要的人吧。盛情難卻反教她不好意思得很，然而也是一時買不下手，畢竟買屋者大事也，雅芳還沒有單獨做過這麼重大的決定。她想再和其他意中的選擇可能繼續做做對照，同時也要問過了家人們的意見才能定奪。因有另一處透天厝，價格略高一點，雅芳想到垂直的空間適合再多家人或朋友來住，可有獨立的房間；這邊水平的一層一人居固然好，似乎就容納性差些了。況且透天厝就是結結實實獨棟的一所，讓人感覺上豐足得很。但她轉念又想老人家上上下下爬樓梯，必然辛苦。總之就在兩處屋子的可取和不足之處間搖擺不定著，甜蜜且痛苦地無法抉擇。

譯者大手一揮說，要麼妳爽氣點，兩間都給它買掉就不難做了。我可以隨時來幫妳看房子，享受一下一個人住大屋豈不爽哉。要麼妳把其中之一租給別人，自己做個包租婆也不壞啊。雅芳大笑，開甚麼玩笑啊你，這是要去連中多少次樂透才能這麼義無反顧。我要是有那麼多錢，是不用翻來覆去多想。沒準我做不下決定，是和你的建議相反，兩處都不買的可能性最大。譯者連忙道，別別別，我是鬼扯的啦，房子當然還是要買，綜合再衡量一下，想到各方面差不多了就早點下手吧，有得住最實際呢。我看妳就一直這麼愁來愁去的，也不是個辦法，頭髮都要早早白掉的。

我們在客廳的沙發上坐下來，三人各自環視著這個空間，想著不同的心事。夜風習習，從涼臺上吹送過來。天地逆旅，遠行客們的偶然小聚十足難得。可惜除了愛喝兩口啤酒的譯者以外，雅芳和我都不善飲，平素不沾酒，否則今夜真當浮一大白，以排遣我們閒人的無聊情懷呢。譯者手勤去搜索了一通屋內四下周邊，想看看有甚麼可吃的，回來報告說，就祇發現了一大罐動過少許的飲用純淨水，此外尚有一袋不知何年何月遺在此地的水餃。「啊，好想把它打開煮來吃，不過想想還是不要了吧。說不定過期太久，會吃壞肚子。」譯者不無失望地說道。晚飯我們不是才吃過沒多久，剛才你吃太少不夠飽嗎？雅芳問。啊不，其實還好啦，就是我們講講話，我又覺得可以有夜宵吃吃就好了，但不吃也沒關係。譯者抓抓頭髮笑了。

雅芳拿起桌上一小瓶醃製的青梅說，這是交好的一位同事送的，說如果能買下這一層的話那可真棒，就當預先的祝福和慶賀吧。梅子收到時，她打開吃掉了一顆，醃得頗入味。雖這瓶青梅不是手製，祇是外面的成品，卻讓她趁機懷念起土製芒果青一類的吃食來了。「南投的脆梅每年四月就熟了，妳要愛吃個樹頭鮮，或是自己採摘一些下來，選出樣子質地好的醃起來都不錯吃的。我有個同學年年必做，我就跟著他，年年必吃。」說到食物總是興趣盎然的譯者，談起青梅亦是一臉神往的飛揚之貌。

——啊那真有口福，你都沒和他學一下怎麼醃梅子嗎？

——我懶得很，哪有耐心去搞那個呀，我祇想有得吃就好了，有得吃就好了。譯者說著又抓起頭髮來。

「我想再吃一顆，也算來藉此占卜占卜看，到底會不會買這層呢。」雅芳說著開了瓶蓋，拈出一顆梅子放入口中噙著，也遞給我和譯者。我們每人取了一顆。一時間，大家又都嚼著或含住青梅，紛紛陷入了不知所以的沉默。「別太擔心，我說不管哪一處，妳總會買得到稱心如意的房子的。這不是空泛的安慰，就是直覺而已啊。」我看著雅芳有些凝重的側面說。她一下又笑起來，連連點頭說，希望是呢，借你吉言。我但願這過程順利一點才好。另一處說不定這幾天就有可能要進一步簽約，房仲會打電話來。可我心裡都沒定下來。

——一定會的，妳還有時間再想的。

——家人這兩天也會一起來，我們開個家庭會議，再好好商量下。所以，你們兩個正好參與了我人生中的重大決定時刻啊。

雅芳打趣著，她很想讓自己能輕鬆下來一些。

——與有榮焉！

這次譯者和我異口同聲合音鼓勵她，兩人對看吐舌，同覺得有點誇張。我們比她歡欣鼓舞多了，也不知都在亂興奮些甚麼。大概雞一嘴鴨一嘴幫別人參謀出主意，談不上是積極參與了別人的人生（如果不是幫倒忙瞎搗亂的話），卻無意中得救，因為恰恰借位式地，逃避了自己的人生吧。至少我和譯者過去當下未來，都不大會要買房子。這就像是參加婚禮的伴郎伴娘團，有時會比當事的新郎新娘更為起勁的原因相似吧，算不算是旁觀之中有一點助陣的成就感？我說不好，更大的麻煩或許是，一件事情跑出來，會讓人不自覺強迫式地連帶去回溯了之前生命經歷裡面有的沒的，影響非影響的七七八八因素。短期瞬時裡，腦袋內部打開的各種文件夾聯合作用，好寫成前半生的小型回憶錄了。這些往昔不一定能促進你做出正確合理的決定，更容易無端無理出來攔路虎阻礙好事成。因此要怎麼不被過去妨害你內心的鬼，又重複抓走很多次，還真是傷腦筋的事情啊。雅芳的口頭禪正是：傷腦筋。並且她每次說的時候，你會感到其時的狀態或事件，集聚在她的腦袋裡面無法解散，黑雲壓城，久了是好傷。我們都在奮力脫困，也不自量力地想要嘗試自救救人。這個過程無法一次完成，於是我們還得相互砥礪著推石上山。

睏意來襲後，譯者和雅芳相繼先入內休息了。我在留了一盞小燈的客廳裡獨自多耽擱了一會兒，想著這些蔓延開去的問題，愈發清醒無比。我想順手用相機拍下上下兩大冊歷史圖文資料，上冊未過半，就明確這是個不可能的任務。頁數太多，相機瀕臨沒電的邊緣。人生實難，我及時放手熄燈去睡下了。

第二天早晨譯者堅持要留守趕稿，我們便不勉強他隨行亂跑，放他一條生路，有空間時間自己與自己相處，或曰跟他的譯稿纏鬥。這次我終於明白要是一個人說他在旅途中兼做工作，那麼他不是超人本人，就是為了自我安慰而這樣說的。我們歸來時看到一地的御茶園大號綠茶空瓶，同幾隻啤酒易開罐一齊躺倒。譯者快樂極了，報告他雖沒做甚麼，卻度過了難得獨享的茶酒時光，且他有意節制過了，喝啤酒沒有用打做單位起算的。此為後話，暫且按下不表。

我隨雅芳出了門，一早便驕陽炙面。她的弟弟載母親來，大家要討論下買屋之事。幾位家人在一個小公園裡排排坐下來。我身為唯一的外人沒有列席旁聽，暫且去一邊打鞦韆和吃麻豆文旦消磨時光。會議開始之前，對面的小店那邊跑來一條白狗，友好吐舌示意。雅芳拍了拍他的頭說，你該回家啦。她講那間店是很久前就想去光顧看個究竟的手工餅乾店，今天忙到這樣怕依舊要過其門而不入了。

氣氛平和的討論中，家人們仍沒得出甚麼太一致的結論，亦無激烈的爭執。時既已近午，大家不免七手八腳地分吃了雅芳母親帶來的一些分裝好的簡便食物，會議就開始向野餐斜斜滑過去。它的轉型也成了它的階段性成果。

母親不能太勞累待太久，下午弟弟負責載她回返。雅芳說，他們的意見都偏向於透天厝那邊，理由是多加一點就有單獨一幢自己的房子，那感覺上上佳。雅芳尊重他們，也覺如此想頗合理，她衹是覺對那面書架牆有難言的不捨。我感同身受這般身處蹺蹺板或天平兩端的困境，要分裂而分裂得不夠徹底，永恆都是人族的侷限之一。雅芳之前帶過我去她教書大學所分派的單人宿舍小坐，那是個簡樸的小房間，書籍物件充塞得滿滿。

雅芳將地下分出一半來，布置成了榻榻米床榻的樣子，這樣疲累的時候很方便倒頭與軟墊們一起翻滾俯仰。她抱住一個巧克力色兔 Miffy 形制的墊子，屈腿盤坐下來，緩緩講起她喜歡憎惡的事物們。像是艾莉絲．孟若的小說，她拿給我看的兩冊是時報舊版的《逃離》和《愛情遊戲》。這教我想到另一位朋友亦雲對於孟若的愛好，無論她的名字被譯成是孟若抑或門羅，《逃離》這類的故事都對女性有一定的移情避世功用。儘管那絕不是根底上的解決與逃遁，但似乎一時之選的效力還是起到了的。我不大了然這種功用何在，然而需要的人就會找到屬於他們專用的方劑，這本身就是祕密的一部分吧。

亦雲也面臨過一瞬定生死般一人處置買房之事的時刻，這幾年大家的三一律實戰都集中在這樣的事情上面，委實不可思議。到底是亞里士多德自己也有房產問題，由此中抽象出行動規律；還是房仲都善於製造緊張氣氛，不斷演出魔術來蠱惑人心，一切見仁見智。回想起來動魄驚心，但人的強大惰性和遺忘機制常常意外拯救和偷渡了危機深重之時不堪直面的那些個自我，從容將其包藏得密不透風。

亦雲是在交房的最後環節，遇到潑皮無賴房產仲介一再刁難，三個人一齊去幫她據理力爭，才把這一關克服過去。差點就功敗垂成，當事人的心神不寧可以想見。那日中午亦雲在銀行取款，手不趁心，嶄新的鈔票大開屏，散落了一天一地。一一〇路公車緩行過環鎮北路，雨後的空氣仍不清新，透著幾分壓抑。上午出發路過時答應得好的房產證，傍晚回來取卻遭遇大變臉，亦雲急火攻心，偏偏講不過仲介的油嘴滑舌，竟被激得當場崩潰大哭。入住以後，一樓的老房子經常返潮，上海梅雨天氣尤易生黴。甚麼物件放在壁櫥裡都難逃其厄，表面浮起一層可疑白翳。陰險的蟲子會順著陽臺上洗衣機排水管留下的孔道，迤邐入室拜訪。空氣蒸蒸，人陷落在淺色革面沙發內像擱淺綠豆沙裡，一整個氣短悶絕。我愛虧一句說，這個和天氣無關，都因為這屋子是妳努力哭來的啊。她默然氣笑了。

雅芳的危機正在緊張狀態中，尚未解除。彷彿情節設置發展的需要，她果然接到透天厝房仲及時打來，表示現在可以簽約的電話，心下一陣大亂。而我們前一晚剛剛看完上集的電影，今晚下集即將換片，改為了簽約記。出於集氣的考慮，雅芳帶我一起去到她好友兼同事的家中，希望用此大挪移法平定心緒，先度過下午和晚上之間這段不長不短的橫亙沙漠時光。

同事家中，一張漆過的大木桌擺放在一樓，非常適合開會，氛圍更似革命團體祕密集會。她取來黑麥汁和黑巧克力球給我們吃，這兩樣東西此時不下於九花玉露丸和七蟲七花膏的療效。我們吃吃聊聊，好像把後頭緊迫的大事拋到腦後去了。同事的先生下樓來，聽明緣由自告奮勇說，如有需要我可以戴起墨鏡和你們一起去，扮演打手。同事添油加醋說，對對，他那個樣子很像流氓的。雅芳笑得停不下來，連連說多謝義氣相挺，好意心領，應該不需那麼大陣仗。我暗自忖度，原來大尾鱸鰻不遠不近，正在面前。

而後我們得寸進尺，又吃了他們兩夫妻殷勤待客、光速煮來、裝盤端與我們的手工水餃。這麼吃下去的話簡直可以一路從夜宵到早飯吃到明天天亮，約就不用簽了，沒準這正合雅芳的本意。好在房仲的電話又追來，中斷了這般不切實際的顛倒夢想。

雅芳問對方的地理坐標，就近把他約到這裡來，先略為交談了一下。房仲是個瘦高年輕人，看來入行不久，青嫩模樣。多虧了他的不老練，我們不知何時已經大岔題，聽他在講和女友計劃去桃園小旅行的事了。

虛幻時間做不得數，一番亂彈之後，我們隨房仲起身，到他們的工作地點去談簽約的事。打算出售房子的那家人也全員出動，出現在房介所。我們在看了代書播放的一系列講解投影片以後，不得要領。反是雅芳和屋主一家相談甚歡，說來說去發現大家居然還是校友，頓時親近了許多。他們講家裡有人換工有人升學，才準備換屋搬遷，房子住了沒有很久，整體感覺滿合用的。雅芳的情緒舒緩多了，她心思被逐漸牽引到透天厝這邊來，此際書架牆的誘引力好似大不如前。

房仲最後步步盯人，說晚上十點前要簽定。雅芳又被這道猝然冒出的時間界限弄得心神搖漾，不得不打電話和先生求救了一回。大家都覺時間一下卡得太緊，未免有些欺人，迫使要人這一分鐘非簽不可。雅芳仔細想了一過，家人和自己都傾向於這間，加上屋主予人的印象甚佳，再無可挑剔之處。她不想再無休止地搖擺著拿不定主意，遂咬牙簽了下去：「就是這一棟了，落棋無悔。」一樁大事就這麼定了。雅芳說，她自認在其他事情上都勇健，帶過出國訪學團，平時大小事情基本一肩挑，不解為何會在這件事上如此纏綿難決。這到底是關乎他人的人生較大件事吧。

紅白玫瑰的鐵律依然悄悄存在著。就算我訪透天厝若干次，雅芳在新家住得很愜意。她用四樓的書房取替了書架牆念想，把研究室的書陸陸續續拖回家來，書房漸漸在成型中。有了自己的房子，總算可安心在家夜工，雅芳開始自己做簡單的飯食，頗以為樂。不過我們（當然不能遺漏了譯者）每每說到這回有驚無險的簽房記，大家一致表示懷念那幢三過客短聚過一日一夜的未被買下的房子。書架牆雖已不那麼牽扯人心了。它仍像某座不可企及的夢中家屋，在我們的小集體回憶裡永續不褪色地存在著。

而那幢房子的窗外沒有白月光，牆上也不見蚊子血。

幸福村紀事

忽忽一兩月很快過去了，這一天，德里克的名字又出現在學校布告欄裡，這次還是學生跑來告知他的，老師，你有東西掉了嗎？我在失物招領的大海報裡看到你了。他揚起眉毛努力回想，惘惘難明那究竟會是甚麼物件。幾分鐘後，他聳肩攤手，表示放棄追索記憶，和學生道謝說，唉嗨，謝謝你，我等午休時去看看，好把它領回來。

圖書館前長期豎立著一張大展板，上頭貼的招領單一再撤換，不厭其煩開列出失物們的名諱、型號、尺寸，所現身之地，項目詳細，便於失主與其重相認。這是大功德一樁。與德里克一樣常掉落各種雜物的迷糊鬼們，分外需要這項服務。丟東西成習的人，通常沒那麼介意身外之物，「錢包、鑰匙、手機」的臨（出）門一念對他們未必生效，祇要遺漏了最關鍵一項「腦袋」的話，那其餘任何必要事物的線條序列瞬間失靈，全不對焦。

主人來尋獲之前的故物們何其寂寞。它們囁嚅不安，低抑著發出某些祇有彼此相聞的細碎聲音，或是怨嘆，或似不滿。圖書館來來往往的人甚多，情緒歡悅往往不及於此。沒心沒肺要顧自己樂都來不及，怎會有閒暇停看聽得到其他。屬於德里克的那一欄備註是這樣寫的：「棕色電腦包一隻，A4紙張大小，撿拾於圖書館B2層閱覽室（疑似德里克的，常看到他帶這個背包）」。可見身為高頻率閃現於圖書館的愛忘物怪人，他早在大家心目裡留下了不可磨滅的印象。早歲畢業未久初任教職，遍覓租屋而不得，驚覺一切都高昂難付時，德里克曾以某座圖書館為家，克勤克儉度過最初的小半年。

掉東西的人隨時在玩著撒手人寰的危險遊戲，當然他們撒手的都是物件。德里克相識的人中，就有女生連續丟了九枝一式一樣的原子筆，丟了上一枝，就趕快補買起下一枝，她無法接受沒有這枝筆，寫字都開始畫符。但她不知道怎麼才能好好保有它不弄丟，於是採取了烏龜家族和兔子賽跑的辦法，找了無限多位替身來大打車輪戰。以下下策亂中取勝，至少她始終手頭都有一枝原樣的筆，鎮魂槍的作用起到了。原子筆小物價廉，要時時補倉的話，財力尚且供應得來。也有人愛掉的是手機、錢包、自行車……補起來就難免力不從心，祇好酌情為之。錢包整個不見，卡證俱去一一重新填資料辦起來無比繁瑣，然而轉手未久，下一個錢包又飄蕩在風中矣。

整袋東西起身後就丟在鄰座椅子上，短柄傘掉在計程車上，長柄傘則通常落在郵局櫃檯……物不傷其類，因各有歸處，互不相見。每一樣東西離開主人，都有自己獨特的消去法。我們的緣分盡了——現代人與物販，這句話都不及出口已兩分的哀傷聊齋故事。

德里克的 absent-minded 達到最大值時，就會出點狀況。坐公車，車停時他沒下車，車又開了，他伸腿走下來，扭到腳踝。為此有一兩個月他都趔趄半瘸著，用那隻好腳頑強跛行。可能那時他正分心，東想西想，腦子裡轉過的花燈走馬念頭太多，獨獨不記得腳下要看路。

「老師，你大概就是那個一直脖子仰瘦了看著天上的星星而掉進井裡的科學家。」送他到學校醫務室的大個頭男生遞了瓶水給他，小心攙扶著他在小房間試走了幾步，所幸傷得不重。德里克咋舌，笑笑不說話，臉紅了下。

「你們上課時笑的次數不夠多，我數過了，一個下午連堂，總共才笑了九次。這是我的失誤，我想以後要讓你們笑得更多。」

「這很重要嗎？」

「大家既然都沒怎麼笑出來，就說明我講的故事你們沒有完全聽懂，聽不懂就很難做好口譯。我一定要看到你們笑，確定你們是真的在聽，也明白了全部段落。所以我在想怎麼才能做到這一點。」

「啊，您這樣說，我就明白了。下次您的課，我會盡量笑的，也會弄懂故事的意思。」

然後德里克的眼睛難以覺察地撲閃了一下。大個頭這個回應使他意外地開懷，相形之下，身受的疼痛都沒那麼沮喪奪志。不過他不想過早表現出來這一點，且觀後效吧。腳傷不足惜，但使願無違。投注心力就收到立竿見影的回報，他不奢望。好在他耐心足量，也深諳異種語言溝通之不易，知道授人以譯，那根金針隱現的關鍵時刻決計不在老師，主要仰仗於修習者的穎悟力高低。

傷好得快，記心難長。德里克活動基本自如時，回到南部去參加會議，彼地以廣袤的鳳梨田與星羅棋布的鵝肉販店聞名。他曾就學於此，也短暫找工小住過一陣子。

這一回他又順利地把史努比文件夾和隨身攜帶的水杯都丟下在晚餐的桌子上，還好旁邊食客看到馬上叫住他，不須折返回來苦找。他身體力行小處環保，又愛潔，就選用了加蓋的不鏽鋼水杯，在便利店買咖啡時直接以此盛之，遂可免用即拋的一次性紙杯。

暮色如潮，小鎮浸沒在深深光影流動中，似也同其呼吸起伏。德里克隨同伴們走過一段平交道，透明塑料板材下面埋藏的紅圓燈魚眼駐守，又看來與鮟鱇頭頂懸垂而下自打的小燈依稀相類。自由流動著的逸散感教他瞬間覺得相當釋放，情不自禁地就地來了個倒立，頭下腳上，以雙手代步撐地前移了若干里程。大家定睛一怔，紛紛鼓掌喝采，好棒啊，再來一次你行不行？也有人擔心曰，你小心頭和脖子，還有手腕，這樣好驚險，忽然沒氣力就傷到了。德里克乘興前行到下一個路口，在平交道收尾的地方向後一小步，正回身復原了直立行走。

——哪天你覺得累了煩了，排遣不掉情緒，不妨倒轉過來看看舊兮兮的世界，那樣可以假裝你是在另一個半球，或成了任何牆壁鏡面都不費勁走來走去的蜘蛛人，感覺很不錯。

——倒退著走路同樣管用的，特別起大風的早晨，簡直幻覺振臂隨時可飛。我喜歡坐交通工具上面和車頭反向的位子，好像置身宇宙空間，讓巨大的吸引力抓住帶向前方，也許是後方，旅程短了好多，時間在那刻變形壓縮了，裡頭多餘的空氣和虛浮成分由於倒轉被驅逐掉了，不能輕易反攻來搗亂。這樣我就能有空到更多的地方，不必在一趟旅程上耗費太多時間。

話膨脹變多起來的德里克興致勃勃向同伴們講著他的心得體會，又像在說對時間漏洞的偷襲和逆轉，獨得之祕的新異大發現。

「無意閒聊起來才曉得，我們兩人的老家都是埃德蒙頓，偏偏要到這個島上，才在這麼偏南的地方認識。」德里克想起了甚麼，看看隊中他的同鄉賀意理。

賀意理臉皺成一團，訴苦說：「我在北京學過中文，到臺灣又讀了幾年書。去中國大陸，他們說我的中文有臺灣腔調；可在這裡，我一開口就有人問我你講的是不是京片子，對岸的口音好重。我也搞不清現在我的口語跨到哪一國去了。就像我家早先住英國，我爸爸在那邊，後來才移民到加拿大，也是兩邊的人都說我的英文有對方的調子。我看我還是不開口少說話得了。」

「同一種語言到了每個地方，都會有點差異，這才有意思啊。」德里克眨眨眼，語氣一挑一挑上揚。他低頭要大家看腳下公路上白漆畫出的自行車圖樣與旁邊的字，又伸臂指向不遠處的一塊店招：「這些都是單車嘛，馬時代叫自行車，扁時代說腳踏車，日本時代就叫自轉車了。你們看，那家車行一定是間老店，沿用的是舊年的名字。我們這條路上寫的是自行車，應該是近年新塗的。」夥伴們依照他的指引望過去再看回來，感慨一箭之地內的兩處，用詞就有如此之顯著的時代差別。

他們遊逛前行，步履閒閒，一支隊伍卻是越走餘下的人越少了。是啊，飯後散步自有其時空範圍的框定，活動活動腿腳便好，大部分人準備搭車回返開會的學校住地。這時德里克提了個倡議，他舉臂問道：「有人要和我一起從這裡走回去嗎？」好哇，那就走吧。有幾個聲音興奮響應了他。

留下的人彼此張望著，這是個小型聯合國理事會，由五六個不同國之人糾集成暴走小分隊。歐美日華，語言混雜。打算先乘車離開的一個美國女生回頭喊說，背那麼沉的東西走路不方便，誰要把背包卸下來的"可以交給我帶回去啊。話音甫落，幾隻黑色側背包很快掛滿了她的手臂。兩隊人馬至此終於揮手道別，車有車路，馬有馬路。

小隊伍的成員們開開心心上路了，他們走得頗鬆散，按照各自平素習慣的步速，拉開了前後間距。每個人在悉心維持不脫隊之餘，努力不將隊友甩落得太遠，時或變作三三兩兩小組合講幾句話，主要專注在走路一事本身。夜氣瀰漫，暑熱陣陣追擊上身，以這天的溫度而言，用走的不可謂不有點辛苦。偏生有這一群甘心之徒，暑熱與否自是不在話下。暗夜行路，田野與公路的界限模糊得漸不可辨，人放心地得到庇佑掩護一般。緻密天幕籠蓋之下，何須避讓撇雨，露水自是濡不上衣衫。

同於此鄉此地讀書居遊過的德里克和賀意理很自然地為初至之人們擔任起導遊解說的工作來。他們穿過一條房舍寥寥的小道時，意理有感而發道：「這邊地廣人稀，我有時早早起床，一個人在田間路上跑步，天黑沉沉還沒有全亮，心裡踏實極了。不用費神和別人招呼講話，耳邊祇有微風和自己呼吸急促、心跳加快的聲音，田埂上偶然會蹦到高興跳到路中央來的青蛙。傍晚下雨前，蝙蝠和燕子飛得很低，比飛機超低空飛行都要厲害。我真想在這裡長長久久地住下去。」

「我也一樣，這一帶本來叫做豐收村，我總記錯成幸福村。」德里克補上一句。

迎面遇見路旁一株老樹，觀其樹冠和枝幹到了可以成精作怪的年紀。說不定它俯視過周邊幾代人的生涯興衰。樹洞裡有沒有過去的人塞進去的心事紙條呢，樹皮上的刻字長滿跡滅太輕易。

老樹的脖子很端正，掛起白漆木牌，三個墨筆字：蔦松公，那舒展工穩的字跡好像可以一下反射出寫字人其時的愉悅面容。

——啊原來這裡也有古樹名樹大樹，枝葉灼灼甚至清脆碎斷的木質之聲，細小但真實一如所聞之初時。

隊伍裡唯一的女生對著這塊牌子，想起十幾年前的校園裡，她和兩位中學好友搬出課室裡的椅子，放於枝幹被狂風折斷的合歡樹下，用一根塑料跳繩嘗試把損傷的部分捆縛復位。那條枝子後來醫治無效，仍然變色掉落了。合歡樹還很年輕，不過旁側另一棵老樹就給圈囚在油漆成難看郵政綠色的四面鐵圍欄內，樹幹中端橫蠻敲釘，宣示著：古樹名樹大樹。她們嘴壞反轉說，分明是枯木朽木爛木嘛。天潮雨過後樹根下往往環生出樸素的白色蕈類，也甚是平淡之貌。

沉睡得夠久，樹木的屍骨自動轉化為煤，祇有善待過它的人才會不忘冷雨梨花之前身吧。

德里克虔誠合十，向老樹微微屈身鞠躬，走近去拜了幾拜。

「我相信萬物有靈，這麼年長的樹應該拜一拜。蔦松公老人家，有禮了。」隊中每人都依此法，一一拜過老樹。

——我們要加快點速度，不然一會到學校就太晚了。

便利店的藍綠條紋店招杳簾在望。小分隊快閃快出，人手一罐臺啤邊走邊喝。他們在小廟裡費勁地聽看守老人（廟祝嗎）的臺語講解，因在場無一真正是此鄉此土中生長起來者，卻也出於好玩之心，擲筊取籤。兩片紅木裂開笑口分落在神像前。德里克回去憑記憶中的發音請教同事，才知老人說的兩個字乃是：搏杯。

經過一家卡拉OK門前，站在門前無聊張望的老闆瞧見他們一行人，熱情邀說，你們進來唱歌吧。

不，謝謝你，今天不行，我們要趕路，再停下去就要天亮了。他們嬉笑著搖手拒絕。

老闆眼尖盯住隊尾一人問，你是日本來的吧？條紋西裝男生靦腆點頭。

老闆搓手來了興致：你家在關東還是關西？

——關西。

——太好啦，我有個關西的朋友，我現在打給他，你們講幾句話吧。

於是兩位同鄉頗滑稽突梯地千里連線交談了一小段，佇立傾聽的人們不解其意，祇有亂笑的份。

這時一位中年婦人騎機車至店門口，繞了個半弧熄火停下。

老闆引介曰：這位是我母親。

豪氣婦人跳下車和眾人問好，大家七嘴八舌混鬧了一回。

兩個多鐘頭以後，小分隊的人真正走到校門口附近的 7-11，已臨近午夜時分。他們路上不覺有任何水點，這裡卻悄悄落過一場小雨了。店中暫棲的街犬把長臉枕在手上，睡得正香。眾人不捨，又稍微聊了一會兒，才各自散去。

恍神者恆恍神。一次傍晚收工回家，祇是從學校後門緩緩騎到捷運站去的短短距離，德里克冷不防讓後方一位高速的機車騎士撞倒，腳踏車後方稍見變形，腰部也受了輕傷。

袋子裡的便當盒連同譯稿飛出來，飯盒咣噹落地。

那一張幾月前得於小廟中的粉紅方紙籤語，橫空而出飄落地上，像一瓣失準的落花。

艱難撿拾起籤的那一剎那，他好想回到南部避居，那就不會遭此凶險。

他們在警局做了若干次筆錄。機車人不夠誠實，一直在狡辯企圖脫責。德里克對此雖頗覺無奈，他想騎士或者有他的苦衷，沒準他手頭不寬裕，有生病的家人需要照顧……惹到事情早點解決，才能不耽誤上班。最簡單的想法，就是找藉口閃掉，不致因此被拘役太久。

在似從天外飛來的某些個危機時刻，或不由自主的流逝關頭，人們到底會在意和盤算甚麼呢？生理上的衰敗牽制了心神的馳騁能力，但不等於沒有搶跑掙來的自由：窗前脈脈流過一球植物的毛絮，伸手去撈，還是有頗大機率將其掬之於掌的。

曾在美術館看到過的一場攝影展在德里克的腦際重新展開。歐洲攝影師走訪全球若干國家，到醫院的病榻前抓捕下不同年齡層次的瀕臨生命盡頭之人，臨終之眼的神色與病人的生活、精神狀態之種種。

相片右下角黑色小籤條標示的地點是維也納。一位身材高大的老人雙眼上望天花板，蓋在淺黃的被單之下，枕頭及其鋪蓋皆潔白，且高高墊起。一眼看過去，人的頭彷彿被孤立出來，擱置在那裡的樣子。老人神態平靜無波，不覺得有何異狀，那樣的平靜此際使他不感覺那麼煩躁難耐了。

於文學院古老的建築裡坐擁一間專屬己有的辦公室，畢竟是幸福的。糾紛尚未解決前，德里克步行和搭車去學校。

手頭的翻譯開始了六個月接近尾聲，屋裡的空調同步罷工了半年。他常用到的數量不多的書籍和衣服就寄存在辦公室。

德里克若有所感地浮起微笑，他相信付出的必有得著。不急一時之得失，但也會盡量顧好眼下。

始終一日，他會去警局牽老朋友腳踏車回來，屆時腰也該靈活自如，騎車入山林，重去探訪，堅持他喜愛且相信的禮物經濟與原民文化。而他一心嚮往之那燒製陶笛的手藝，或許也可以慢慢學起了吧。

奧森巴赫之眼

K

會務女生過來收拾場地，手臂伸展，敏捷取走我面前的名牌。空氣陡然顫抖後退了一下，冷風自領口竄爬至背脊。領帶夾叮噹一聲，金石墜地。祇是一瞬，我卻看到她腕上的玉鐲和精心潤飾過的指甲。年輕女孩子戴這些總覺得壓不住，我想起母親收藏了很多年的翡翠鐲子，用綢布包了保存得好好，但始終不見她拿出來戴。大概母親一生堅強，常是風風火火在外頭做事，很少有這樣愛惜摩挲什物的時刻，因之我記得格外清晰。那是在禮拜日黃昏，雞湯的香味自廚房深處裊裊飄出，我坐在客廳琴凳上，雙腳蕩啊蕩地夠不到地，帶著掛了兩串淚珠的雙頰和墳腫雙眼，反復彈奏拜爾練習曲。母親不言不語在房中擦拭桌椅，擺弄首飾。那樣的場景有一種安謐啞默之感，泉音淙淙，光點幽微處竟像是漂洗後略略失色的林布蘭畫幅。

我練琴如上刑的悲慘生涯僅僅持續了五歲一整年，便以棄學告終。所幸有弟弟接手，才令母親不至於太失望。事實上我常暗暗感激，多得他，我無法如雙親之願做到的一些事情，尚能有所償還與交代。他是站在我身後的替補投球手，毫無怨尤在我懦弱落跑的時候，接續把在我看來甚難應付的未了之局打下去。許是性情差異較大，我們兄弟並不算親近，反似是有種超乎血緣的清簡道統，彼此不必多言，便可莫逆於心的撐持。多年來我每每抱愧，身為長兄應盡之責，泰半都由弟弟代勞，漸漸兄弟易位，他變得更似哥哥，我才是需要照拂的那個。

「老師，現在可以去餐廳用餐了。這是您之物，有甚麼需要請再和我說。」會務女生關掉了半場的燈，又繞回到我面前，俯身撿拾起方才掉落的領帶夾交還到我手上。我意識到她一直在等我離開，好鎖門，應是不好意思過來直接講罷。會議結束也沒有多久，人那麼快都走空了。

我望向壁上的掛鐘，努力想弄清現在幾點鐘。黯淡光線中，時針分針扭結一起，分拆不開，衹得拉下衣袖露出手錶：六點十五分，分針已經開始稍稍下垂。即使是三杯咖啡，也沒能將我從下午的昏盹中拉拔出來。為籌措這個國際會議，我之前兩個多月來都少眠少休，全身心投入其中。現在不過開到第二天，就有這樣的倦，我不免產生了所為何來之感。我的學院生活中，偶興念頭如此，都是不經意泛起的浪花，轉眼風過鏡平湖。近一兩年來，這種想法高頻閃回，令我懷疑自己是否已身入老境，不得歸返？

一面收拾公文包，一面從桌邊起身，我微笑向會務女生道謝。她看來二十三四歲，正是我姪女的年紀。幾年前在東部的一次會議，我一度情緒失控，嚴詞訓斥兩個幫做會務的女生，並將她們罵哭了。事後我的同事阿林說，他從沒見我發過那麼大的火。也許祇是我平日善於掩藏收納，儲物櫃各個抽屜分隔有序，裝盛熨貼。有些抽屜的鑰匙始終掛在櫃壁一角，非輕易不動用的。我已習慣領帶平整，隨時嘴角上翹出完美的弧度，接受前輩的稱許、學生和讀者的讚美。他們都驚歎我的博學儒雅，我便樂得符合這樣的期望，內心感到虛榮的快意，口上則託稱謙辭。後來我也感覺其中並沒有太大的分別，我順遂的人生一向得風得雨，從好學生到好老師、著名學者，一路無有摒擋，節節攀升開拆上去，而後鳳尾垂落華麗流瀉。在一個萬人豔羨的位置，我睥睨眾生，眯目微醺，一時祇覺過往種種，如同正楷的顏體毛筆字，一個個勻淨地放在九宮格裡。

我分開人潮，一一與迎面而來相識的人頷首招呼，終於走進了餐廳，信手拉開正對門靠窗一席的一張椅子坐下，喧吵笑鬧之聲不絕於耳。這邊到底相對僻靜，還沒甚麼人注意到我因而過來寒暄，我給自己倒了杯茶潤喉。茶葉頗差，沒有甚麼清香之味，祇可作牛飲。我常想在不堪其煩的這種擾攘時刻揿下消音按鈕，換取清淨，可惜墻上祇有電燈開關。被擠壓在人海潮湧的公車內時，常常我眼角餘光瞥見窗櫺邊垂掛著的鮮紅破窗錘，好想一把搶下握在手裡狠狠砸破玻璃，然後縱身躍出窗外得以喘息。有時我甚至惡念陡生，恨不得劈碎周遭人的顱骨，最後一記重錘就著落自己天靈蓋上，高濺的血花飛升飄射出車頂天窗——暈車嘔吐的滋味實在太難受了，祇求速死。體內液體攪動之感，從口腔穿過胃直抵腸道，整個消化系統的首末段扭絞如手巾捲，一齊反動起來。

唯一一次實現狂想的是，大二那年某日午休，我在樓裡的門廳閒晃，無意中發現某根廊柱上的救火捲簾門按鈕，就真的按了下去。祇見頭頂一陣嘩啦啦的聲音，奶白色鋼鐵材質，像折疊起來的薄脆蘇打餅乾的門就從屋頂上往下降落。我一陣驚慌，趕快再按了下，門在半空中停住了。這時高我兩班的學長K正好打這路過，他用訝異的目光上下打量了我半晌，開口問道：「下週就要大考了，你不去K書，在這邊遊蕩甚麼？」我給他鷹隼銳利的眼睛看得不自在起來，彷彿他是巡邏查崗的教導主任。K是大家都敬仰的人物，他讀很多小說和哲學，寫一手好字好文章，但總是看來疏懶，褐黃蒼綠兩色的法蘭絨格子襯衫皺皺的，牛仔褲N多洞。打球時他將眼鏡一摘，隨便丟在操場邊，據說有次被竊慕已久的學妹揀走私藏。難得他不動怒也不追查，在眯眼睛盯黑板半個多月終至無可再忍後又去配了一副同樣的。

他興致好時就菸不離手，煙圈一個一個吐，笑話一則一則講，身邊圍起一圈人。那時我非常羞縮，總自覺資格欠奉遑論腆臉湊前，於是從來不是在他周圍聽故事的人之一。他的很多逸聞，也都是大學時代唯一和我交好的地質系阿怪講給我聽的。阿怪個子小小，一說話興奮嘴就向右下方歪去。

我沒有想到K居然是認識我的，被他突如其來的問句砸得頭暈眼花，還有些激越的開心。像那扇靜止在半空中的門一樣，我並不知該如何接他的對句，才能不顯得我像個白癡。我傻愣愣呆在當場，目送他走過去。午後微茫的和暖空氣裡攪動起一團漩渦，旋即止息。之後我就再沒見過他，更無任何交集。甚至幾年前初聞聽他的死訊，都有人世悠遠恍惚無以應對之感。他們說他是開車入深山墜崖而亡。我向來自欺欺人地以為，祇要不曾親眼目睹逝者生前晚期末端的病苦掙扎慘狀，那麼這個人就不算真的離開，而是去到某個不可知之地罷。我常想哪次再回去的時候，和人打聽清楚具體位置，好去看看他。去年暑假到母親的老屋整理我留在那邊的書架，失手落下塵封密布的筆記簿，打在腳背好痛。拾起撣淨一看是大學時的西哲筆記，其中幾頁是我匆匆繪下的K，祇有側顏和背影，鉛色因摩擦微微迷濛暈染開去。頭頂茂黑漩渦聳起一撮桀驁不馴的立髮，兀自不肯平伏。

K在懷悼他的好友，小說家志雲的文章裡說，有時都不知道在怎樣的情境才適合想起你。我卻從無此虞，人不在此世，到了其他結界，那真的就無從再被憶念。

對於我，最重要的當然是此時當下所佔據的人世位格。我沒法理解「不佔面積的存在」或「厚著臉皮佔地球的一部分」這類詩句的好處之所在。謙卑嗎？那我自是謙謙的。好風光好位置，又豈能輕棄。我也不甚了然，自己何以會在這般燭光歡宴的此時，想起多年以前私心傾慕的K。祇有自知的挫敗和無果，我以為我早就忘記。我絕不容許任何負面的記憶在腦海中繼續延喘，它們會像一道病毒程序悄然按照自己的法則展開，網羅身心。我必須是光明的、昂揚的，別人眼中春風牡丹、不容置疑的完美存在。除此之外，生之行役別無他途。

有個年輕人走進來，停在靠近門邊的位置。起先我以為他是來找人或等人的，後來才覺得他應該是在思量要坐哪裡。他個頭中等，黑色樽領毛衣外的煙灰便裝西服隨便敞開著，同樣煙灰色長褲的褲管口磨損得有點毛茸茸的。淺草色雙肩背包斜斜掛在右邊肩頭，左手提拎了一大捆書，用報紙和尼龍繩捆紮得嚴整結實，看起來頗為沉重。這像是驀然召喚回我那些獨自荷書來去，拖著箱子走入機艙，或攜帶大包書到研究室的孤寒時光。現在我已鮮少這樣做了，並不是由於有了研究助理，無須事必躬親，而是我每天都會收到大量的書刊雜誌和信件，來自我遍布全球的學術同行們，以及各種正式的、非正式的出版品，祇好任它們在長桌上堆放蔓延，再疊加成一點也不好玩的學術樂高積木。通常我祇拆閱其中的很小一部分，其他的就聽之任之。消消長長間，我偶爾感到一種食傷的厭煩，煩躁如芒刺在背，一根根清晰像長眉般條列開的松針，甚至很想揚起手臂將桌面的書呼啦一下全部掃到地上去。不過我總是微抬眼皮，下巴點點指向某本書，對一個（或幾個）學生說，既然你想讀，就拿去看罷，不用還來給我了。然後我就自動關閉耳朵，切斷後面緊接而來的驚喜道謝，如在海底戴起潛水面具，不要感受自責愧疚的水壓加身。

年輕人顯然完全不知我這些因他而生的形同亂針繡的隱祕混雜心思，他切切垂憐目光流連手中書垛上，戀物遠勝愛人地撫摩過幾個來回。就那樣拿著不累嗎？我無聊尋思道，居然興起上前援手或者借他一隻帶輪子的行李箱以盛裝拖拉（如果我當時手頭有）的念頭。說不上是欣賞還是羨慕，也不能說看到了往昔之我的情感投射，或許祇是一種直覺的好意罷了。他歪頭審視書脊們時，臉上驟然漾開來輕鬆稚氣的天真表情，甜蜜迷醉，是蜂鳥探看春日雛菊的小白花。令我一時頗為羨妒那些被其凝視的對象，收納他純淨好顏色的容器們。

從前某一個時期，我悄悄追隨K的閱讀。圖書館閱覽室大桌，對角線遙望的距離。他一顆頭垂落半畝方田，鮮少抬起前視，哪裡會發現我這個心懷叵測的人。等他起身放風吃中飯或去上洗手間，磚頭書丟在桌上已經折了數角，狗耳褶頁做出讀過存疑的記號。我迅速偽作路過桌邊，掀起硬封皮默讀幾遍書名就此記下，那大半是沒人會借的厚重西文哲學典籍。從未向他人說起過，早於此時，我曾一個人穿梭於龐然的圖書館內尋找他捧讀不輟、留痕滿滿的字冊。書籍借閱手續數位化以後不再有借書卡可供索引名字，幸好他有此折角手工之惡習，供吾後來求索。癡心螞蟻的蜜絲佛陀取經之路，再行過一遍。在彼時尚存、今為文玩的書後卡片，白底綠橫條，他的名字下方工整簽署上我的。那些給我集成一束的借書卡，未亡之名，在聽說K逝世後幾乎成了我能保有唯一關於他的記認。

一個人生前興興轟轟，身後留下來的，卻也就祇能是那麼多，不會再增長了。我彷彿預見一生的減法飛流直下，穿越沖積扇入海直到完全聽不見最後一點激蕩的浪吟水花。就像父親，我深知他晚年寂寞，仍無法長期陪侍他身邊。我們長年嚴峻酷烈的父子關係，到了某一個點之後開始緩和鬆弛，甚至有點微微咳嗆不及掩口平抑的悲愴狼狽。我赴美留學前，父親堅持要親自送機，彼時他已然行也蹣跚，看來就是個尋常的落寞老人。那天他頭戴駝色毛線帽，面容憔悴，瓷勺撞擊碗沿，默默低頭飲湯，坐在機場餐廳陪我吃一碗不加香菜的水餃。我轉過頭偽作不察，佯裝被辣到使勁擦鼻子，甩下兩大串眼淚無聲落入碗內。

他的初老之年，賦閒在家，開始侍弄蘭花。他最愛素心蘭，也就是蕙，每天不辭辛勞將那些花盆搬出搬進。我有空就會幫手他澆水除蟲。花打了骨朵，父子都很興奮，我們因此有了更多的話題。想來我偶爾畫上兩筆中國花草，為看他開心，也是從那個時候發端的罷。自小他對我們兄弟樣樣要求嚴格，再忙都要查問功課。我沒有挨過他打，但神經始終是緊綳的。我不願讓他失望，就放不過自己。在陌生地念書的最後一年，冬季漫長而憂鬱，我久久困居室內，一兩個月走不出門，日日失眠，讀不進書，成天神思不屬，寫了很多後來據雅芙說完全看不懂我在胡說些甚麼的長信。最後還是她一通國際長途掛過來，活生生將我罵醒：「你從前尋死覓活那麼多次，也不欠眼下這一回！留著你的小命，老實寫論文，乖乖畢業，春天滾回國來見我！」

我準時畢業，轉年春天不僅見到了雅芙，也送別了父親。雅芙一身黑衣黑裙，厚重的絲綢質感沉沉下墜，頭髮高高挽起，越發顯得頸如蝤蠐。不過半年，她像是又抽拔得更加頎長了。她哭得眼皮微腫，撲過來抱住我，拍打著我的後背泣不成聲：「小普，以後就不能再來你家找伯伯聊天看蘭花了。」我心下惻然，祇得輕撫她的肩頭，扶她進屋坐下。母親拿了兩杯水給我們，放在茶几上，晶瑩孤伶之杯，在斜斜夕照下更形淒清。我沒有動，雅芙卻端過杯子來仰頭一飲而盡，彷彿以水代酒平抑心內之悲。

我不覺想起她在大學畢業舞會上橫掃群雄的英姿，酒到杯乾，皓腕凝霜雪向滿席亮出杯底，手臂翻轉之際簡直有刀馬旦的矯健美麗，且喝的都是烈酒。我則很不中用地一個人躲去洗手間吐了好久，以冷水洗面試圖消除煩惡。舞會結束後她二哥來接她回家，看到兀自委頓不堪的我，滿心滿眼都是訕笑之意。我素不喜她二哥的為人，年紀輕輕已是圓滑奸狡，出入政商名流之間。他的名牌西裝和油頭，都令我想起一頭皮毛光滑、牙齒尖利的白鼬，閃亮著黑圓眼望人，隨時準備溜走。我們很少過話，他是真心疼惜雅芙這個妹妹，看在這一點上我努力隱而不發，掩飾起對他的惡感。胃裡還在翻騰的我這時無力辯駁，祇好垂下雙眼轉頭不看他。雅芙過來拽拽她二哥的袖管幫我解圍道：「好啦，哥！我們先送小普到家罷，你又不是不知道，他的酒量就祇有一隻麻雀喝的水那麼多。」說著用手指比了個雞啄米的姿勢。白鼬也撐不住笑了，下頦揚起，傲慢衝我的方向點點，示意我一起上車。

在後座我接過雅芙遞來的浸濕手帕，將之覆在額頭上，而後合起了眼皮。我們絮架講著話，別後情境與有共同記憶的人事等等。那天雅芙不知觸動了甚麼心思興致，居然和我說起了K，「有一段時間我常收到他寫來的莫名其妙的信，雖然沒署名，但看字跡就知道是他。字漂亮，文句也清通，倒不像他這個人看上去那麼癡頭怪腦。有時留在我課桌抽斗裡，或者是腳踏車車筐裡。小普你知道嗎？他會用回形針整整齊齊把信封夾在車筐邊上哎，回形針每次不同顏色，信好大一封，大老遠就看得到的。我近視眼，淑芬眼尖，每次一望見就雞貓子鬼叫扯我說，雅芙雅芙，快看妳又中獎了！」我恍神在想，倘若這些信的收件人是我，我會是何種感受。「這些信妳還留著嗎？」我裝作不經意問上一小句。「有的，我都放在一個盒子裡，丟在老家閣樓上，雖然我一封也沒回過。好像有一回在大教室碰上，我跟他發過一次飆，拜託他不要再寫了，否則我就把這些拿去出本書。」「那他怎麼說？」「他還有甚麼好說的，一聲沒吭走開了，大概給我打擊到了罷。」我不禁開始想像那些信文字句，被迫熄滅的熱情。我不知有一天能不能讀到它們，還是乾脆不要去讀的好。K如今所在的地方，應該不能再寫信來了，也看不到蘭花，更沒有水餃可吃罷。

有時我想，如果不是我自身如此彆扭無解，最大的可能就是娶雅芙為妻，過上和旁人別無二致的中產之家生活，而且還是大家豔羨的學術眷侶。但每當把這種無聊空想說給雅芙聽的時候，她如果正好坐在椅子上，就會誇張地做個要笑得翻倒過去的後仰動作，把頭髮向後一掠露出光潔的額頭，鼻梁兩側下陷出好看的凹紋，盯住我說：「夠了夠了，你到底還要講多少次。現在後悔完全來不及啦。」想到中學時代，她也很傷人心地從來都不要我做她畢業舞會的男伴，明明我的三步跳得比她那些男同學都體面得多。她堅定地認為，我這個連做體操都同手同腳的笨拙資優生，一定會踩髒她的新鞋子，還讓她被人笑。

我們實在認識太多年，久得有時像是時間都失效，熟悉得不用仔細看著對方面孔也能知道講話時的表情心緒。她總是在我最惶然無助的時候出現，和我一起主持會議，幫我編輯學術叢書，或者其他難以解決的事情。我常說她是隨風而來的瑪莉波萍絲阿姨。兩年前我主編的書在最後付印前幾天整個版式錯掉，一人趕夜工，她來幫手就變成兩人抬水吃。印表機吐出一大疊熱騰騰的紙張，她收起來嘆口氣說：「好像我一直都來幫忙救火，不過你一個人的時候，過得似乎也不壞哇。」

我想到確乎中間有一段比較漫長的空白期，我們各自忙著發育長大，打球戀愛，而後輸掉比賽再失戀。自顧不暇，哪裡有時間互通音問？我們又恢復較為密切的聯絡，當是在先後找到固定教職以後了。無論人在國內外，我總是每一兩個月，就有長長的電話撥給她，或者她不忙時會主動打來。有時我在研究室拚論文或備課到夜深，打去她竟然也還沒睡，兩人就鬼扯上一通，討論過會天亮要去吃甚麼早餐。

家門口一帶日式平房老舊，街巷裡花木蔥蘢。我們兩家祇相隔幾條巷子。那時我剛學會踩小孩子騎的三輪腳踏車，擰著一股勁低下頭歪歪斜斜向前衝鋒陷陣。雅芙站在我身後的橫梁上高聲歡笑，指揮我往左拐往右彎，我無不一一照辦。她得意忘形，腳下一滑，扶在我肩頭的雙手隨之前衝，整個人壓到我後背上。我被這突如其來的猛襲砸得慌了神，手脫開原本緊握的車把。終於我們一起翻倒，摔跌在地。她先是愣了一下，然後手撐地坐起來，指著還沒來得及爬起來的我哈哈大笑。兩人都忘記了撞擊地面的疼痛慌張感，回到家少不得會被家人識破手腳（也是因為手腳確實都跌破了），嬉笑的剎那，甚麼外在的苦難麻煩都一律銷去不計了。兒時嬉遊之事大多如是。

雅芙頭髮和她父親一般帶著些許天然鬈曲，額前的劉海總是梳不直。小時別的女孩都羨慕不迭，說這樣剪赫本頭得天獨厚。雅芙卻懊惱著總想將其拉平。女孩們經常追求自己的反面，嬌小的希望高大，豐腴的渴求一枝竹。她們中的大部分人常年累月致力於再造一張面孔、一個身體，頭腦卻尷尬撇在量度之外。且無論悅己悅人，都恨不得一身具千種法相，隨時顛倒眾生。雅芙算是較早有女性意識的，父母又著意女兒衣著妝容，務求精細，因而與她照面，一徑看到的都是乾淨抹膩的清爽小姑娘樣子。但她並不過分以此炫耀自恃，常帶幾分冷月似的溶溶淡淡不在意。這卻增加了她的美質。雅芙對甚麼事情好奇驚訝時，總會把本來就大的眼睛再張大一倍，大聲望著對方說，啊?!她心裡龐然的不解都從雙眸裡倒出來了一般。她難得顯露一次稚拙茫然的天真樣貌，也成為了她令人心折的時刻之一。

雅芙曾戴過一隻別緻的髮夾，在我們幼時好物不豐的相對克難年代，讓觀者分外有印象，過目難忘。那是樹脂材質所製成的一叢簇七彩熱帶水果，擇其中常見者聯綴成串，紅蘋果、黃香蕉、青檸檬、紫葡萄、橙子，每樣水果形態精細，與實物相肖。

我還發難去問過她上面為何沒有我嗜食的蓮霧山竹等物，她顯然認為這是個不值一哂的蠢問題，轉頭一笑便過了。

我們的情誼是在不斷跌打損傷中磨礪而出的。無論是癡氣摔跌，還是我們一併作亂，都像是過眼一瞬，不足為奇的尋常，點點滴滴留下持之長久的憶念。少年時培植的幼嫩情感不以自己和對方的蠢相為怪，為彼此保存了最醇美真實的面向。是以那些心版上的祕藏影像其前其後都無可複製，成為持之永恆的存在了。

雅芙事事矜細。她的衣著器物都是自小培養起來的好品味、好教養，成年後也始終保持。印象中我從來沒有見過她半點不得體的服飾妝容，應該以後也不大會看到這種事情發生在她身上。即便一般的會議她出席時都是一絲不苟的，衣裙與鞋子背包的顏色式樣相諧配合得不落痕跡，卻能感受得出內蘊的精妙心思。有一回是大約四天的會議，其間她換穿過兩身旗袍，一次秋香色，一次赭石色，同色系的髮飾把頭頂長髮輕輕劃撥出去四分之一左右，靜好地夾起壓住，攏成一束。赭石色衣裳搭配的是大朵拳拳如菊的絨質花球，她側頭的時候同其微顫，好像要跳離頭髮自成一種不受束縛的存在。雅芙主持的那場她頗霸道地延長了報告時間至少三分鐘，在我宣講時又半存嘲弄心地提醒我注意控制時間，說她知道以我的積習，所謂的短論都得稿子幾十頁，不大可能一場內全部講完，建議我擇要分享即可。我有點哭笑不得，但實在感激有她這個老朋友來調節氣氛，否則我必然比實際表現（表演？）出來的更要困窘上十萬倍不誇張。

從小當眾講話對我而言無異於煎熬的刑求，不是默念聽眾早點煙消雲散，就是深度希冀自己可以瞬息飛升，免此折磨。我的另一個壞習慣是，備課或演講務求自虐式準備到上臺前的最後一分鐘，完美主義的龜毛（兔角）性格大作祟，苦不堪言然無可自拔。我想這是打學生時代養成的壞毛病，作業考試我從沒提前交卷過，早早答完，剩下大半的時間，管他有多長必用完，不外乎地毯式排查把自己寫下的那些東西看了又看，檢驗到要吐出來為止。時時勤拂拭勿教惹塵埃的苛責個性，使我自苦苦人，墮入無明的重複檢查地獄。行前的打包裝箱單，我都不得不用筆寫下來，一項項牙刷、毛巾、襪子單獨條列，合上箱子扣鎖前核對數次，逐個挑勾過關才能罷手。這是源於精神深處的不自信，還是不容許自己犯一點小錯誤，我一早就無力細辨了。

雅芙全然相反，她就是為講臺、舞臺和其他的不論甚麼臺們而生的。天然優雅讓她講話具備磁吸之力，不費氣力就引得一群聽眾駐足聆聽。她開放給公眾的面向並不是她的全部，她的每個面向都夠精采出色了。培養演講和辯論功夫，後天訓練固然能賦予有心者一整套的邏輯和話術，那些詞采語氣，和不擇時擇地迸發出的小拐彎小幽默，才是講話人的天賦體現。我總暗恨自己口訥不善應變，疲累或不耐時還愛佛洛伊德口誤說錯話，不知不覺得罪到甚麼人。連趕幾處異地的研討會，不是被關在機艙裡發愣，就是被關在會議室裡繼續發睏，捱到了僅有的一點自由休息時間，沒有休息更無自由。熱情過度的主辦方強力率領我們這一團昏頭脹腦的人去參觀了他們的校史館，我一點也不認為這些奮起貼金的革命家史有何好看，更不覺它們有陳列出來要四方來客瞻仰的必要。眼皮沉重之際，我不慎將「貴校的風貌真是日新月異」這句尋常客套話誤植成「貴校的風貌真是面目全非」。幸好這類話沒人要捉字蝨挑骨頭收集證據用來批鬥我，聽者藐藐一概風過耳。我從真實心聲的糟糕詞句中，多少獲得了幾分報復洩憤的快意。應酬之間，有太多狀況哀莫哀兮新相知，我是寧可不相見的好。

大家誤解我是風光的成功人士，我腳下沒停止過跌跌撞撞。雅芙的情況才真好。許多事情上我是實驗組，她是對照組。承她不棄，念在我們的老交情上時常施以援手扔個繩梯過來，我一次次重生為人，不可不感激她。你有試過身心放鬆地向一個人告解似的傾出祕密與至誠，不藏私，不怕出糗嗎？我想這是人生諸多艱難寶貴時刻中，最有挑戰試煉意味的幾條危橋之一，我做到了，並且因此恢復舒泰安定。這得益於雅芙的見怪不怪指揮若定，我看來天崩地陷快要不能活的，她以一招蘭花拂穴手消災厄於無形。

「小普，江湖險惡，但不值得捲入的事也真多。潔身自好，也別叫人抓住欺負做靶子。你的個性不會去招惹是非，可能遭到誤解時不要怕，儘管有句講句。不公義的事理要去講，為人抱不平的事除非事主意志堅強，否則你一樣不必多言。弱質的人不感念你幫他，反而會怕你把他弄得惹眼。決定做鴕鳥的，你別拉他出來。」有次她滔滔講出了一段忠告，我很是受用。雅芙在我眼裡是找不到腳踝脆弱點的阿基里斯，幾乎聽不見她嘆苦抱怨之詞，常和我講的大半是古靈精怪玩笑話，有何物好讀好吃好玩。相識有年，我每每微詫異於她的無所不窺，又不致上身成癖。這是獨門功夫，學不來的。

雅芙的神奇之處總能令我隨著成長的脈絡，一再找到不同過往的新異之點。我常想她應是甚麼冥冥中的神祕力量派遣來特為度化我的，好讓我少一點冥頑不靈。而與俗務瑣事打交道，她亦具有超常的定力耐心，觸手清順地將它們打發得不那麼可厭了。她不大有偏見，持平中正地分析大事小情。這不妨礙她熱血相待，擇對象施以恢恢愛恨。

我們沒起過甚麼不可調和的矛盾衝突，少有的口角其實是故意鬥嘴惹惹對方，我很少說得過她。我們偶不順意對方的小處，直來直去，當面打趣講出來便算，在人前則是衛護對方的。我們也不刻意突出情誼深厚，既然是私交，你知我知足矣。常年累月積攢出的默契，自然使得我們有常人莫及的彼此透徹了解，沒必要將之掛在嘴邊，瑣碎囉唆。

祇有一點她不夠明智，就是感情上摔跌過一而再再而三的不曉得多少次，我約略聽過一些，出於保護她不忍聽得太細、太真切，以免記恨那些肇事男主角。我不屑其中某幾位的幼稚作為，那在我聽來比小報八卦的惡灑狗血更加不如。我也不願相信這些一塌糊塗的事發生在我最珍惜的好友身上。她屈尊降貴，配合那些莫名傢伙的怪異言行，我同樣認為毫無必要。感情到底是私事，我們於此道的相隔也很難言明。雅芙很少在甚麼事情上全然不衡量，把自己變成羅馬不設防的城市，偏偏需要自保的情感一途，她是全然不顧自身安危地投入。興許一切敢愛敢恨的好女子莫不如此，是我太怯懦，徒然在岸上呆立，不濕鞋也沒甚麼意思可言。以她的出色亮眼，招致追求者眾在預料之內。惡少般的人物出現了不止一位，最聳人聽聞者在餐廳裡當眾向她下跪，揚言不答應嫁給他，他就長跪不起了。雅芙如何化解此厄，時間過去滿久，我記不清了。想到這些事的時候，我替她捏一把汗。好在她最終嫁的人是航空公司的技師，人挺拔明朗，與她遇過的不可思議男子組全不相干。如果這個人早點出現，或許她能免除數段孽緣吧。感情是不可捉摸的事情，看她有堪稱佳美的歸宿，我才放下了懸疑之心。

多摩川

對於福爾摩沙新住民們而言，很多人一世人第一次看到雪，都是出國念書以後在大洋彼岸，堪稱奇麗瑰怪非常之觀。之前所見所聞的雪祇是抽象概念，單薄語詞，充其量在畫中匆匆一過，或者就像玩賞之用的那小玻璃球裡的雪花揚起，又落下到屋頂上。日後相聚敘舊時，這般物像心景的遷移便成為大家別有會心的集體記憶之一。不解銷魂但惘然，人間初戀似初禪。初雪，應也是大致與之相類的事吧。

都怪彼時無知少年的我們，青愣愚鈍，地理意識淡薄，一心一意祇想著選體面學校心儀科系，卻沒顧慮日常生活環境種種，更沒想到遠途離家會孳生出多少霉變的心理效應。傻兮兮一無所懼的天真，也可能就空前絕後了。大部分的自我覺悟都是要有時間間隔和空間障礙，格擋一氣，才能將個體還原孤立回沒有倚仗，因之分外清明警醒的存在。

而立以前，那沒得揀選的頭二十幾年都在小小的島上呼吸俯仰，求學生長，與其周旋太久，饒是再不良於行的人都有過幾次遠至東部南部的畢業旅行，如來佛手掌心的邊緣頂不濟都涉足過，然後折返太熟悉漸生煩厭的各個市區縣鎮，暗自立誓始終一天要家變求去，半分都不眷戀。

儀表板上的紅燈晦澀暗閃，高速飆到一百六十公里，乘者閉目蜷成蝦捲，一動不動假死在後排。在成年後帶或不帶地圖的各條公路旅程中，我們都有過這樣載人被載的極速經驗，但彼時已失卻初生之雛未曾涉險的高亢激昂，都是有預謀有算計的，在可見安全範圍內的，過乾癮，不會損失一分一毫，連皮外傷幾乎都不曾擦到一點。

欲買桂花同載酒，終不似，少年遊。

「我不羨慕你閒雲野鶴，祇羨慕你青春年少……」看呀，就連皇帝也這麼說。

總算有一日捱到栓落籠啟，出籠之鳥要去踏世界也。好容易脫繮野牧，島外天大地大，哪裡去不得。

忽然賦予的過度自由，結實一掌一拳，落點盡在肩頭腰際，好像出門就被流星擊中額頭，超出預期的雙份紅包，拿在手裡收入褲袋都覺熱辣滾燙，好難及時應對適當。太大一筆資財不知要如何運用才是最好，因尚未被一起配備那進退自如的花銷本事。於是深深收緊，或手面豪闊大揮霍，呈現南北極。

老同學某女，西名是嬌滴滴擠得下水的賽西莉亞，一度念音樂住紐約。剛到大蘋果時，她堅持每晚十二點前乖乖收工回家，目不斜視，餘光搭住牆邊身後，恨不得腦後多生幾隻眼，唯恐不意遭人尾行，遂小碎步快快疾衝過地下通道。然沒過多久，她便鬆了綁，遲至夜半兩三點猶可放心漫遊，像玩掃雷遊戲唰地開出一片新局面，並未身隕遭遇不測。

她例不孤。其間不必關山飛度，祇消三四個月到大半年不等，不復滯留於起初的誇大恐慌想像之中，發展出與之合襯的生活節律來，如衣可稱身，那無由約束的彈性限度大大放寬。拘謹淑女將自己收藏得太好，小半前半生那些層疊包裹著身體的花邊絲緞，美人羅衣，終於到了決裂解體、可縱其放心脫落的瘋魔時刻。蕉葉撤去，鹿腳飛奔，都是指日可待之事，脫免不再囿於方寸。

而像我這樣自然天成的少年蛋頭，在畢生有限次地夥同遊伴們長途遠赴，奔去南部港都玩耍。其時在車上要坐滿囫圇一整天，撐不住要一直保持坐姿石膏像形態，總是過度睏倦，座椅上跌入無預警的昏睡，身體東倒西歪衣衫肩部染上別人的口水漬，在車驟停的震盪裡揉眼驚醒。朝發夕至，及至抵達時已是一身煤煙，滿面烏黑。趕快擰開水喉大沖洗一番，洗掉日色和煙塵，重新做回淡靜臉白的那個故我。

這樣的少年漫遊，日後想起來祇有滿滿的好。尤其是年齒漸長，而交際網絡的線條越拆越稀薄，幾乎是除了少許必要的社會關係維持不情願的笑臉迎人之外，就近乎息交絕遊的狀態。不嫌棄亦無嫌隙地與那麼多同種生物親暱地相處，在一生都是珍稀經驗吶。真要納罕嘖嘖以應之，便於做記認。

去國之後的少年們，無一不為食腸問題所苦，都多多少少牽纏於蛋白質的鄉愁，並為之死去活來過。大師早就開示過，那兩片麵包一爿牛肉，如何填得飽華裔之胃，至少還要加一碗麵條二兩水餃找補份額吧？明明吞下不少高脂油膩食物，何以體檢表上的判決竟是營養不良，我為之氣結。

研習食品工程有年，夫人也是營養師的 George 聞此大笑。眉毛不抬說，安啦，科學不能解決一切問題，科學常識本身就最不科學。他本有機會到瑪氏公司服務，卻為了一個 Prof. 的頭銜寧可選擇蟄居大學，慢慢登天梯。即使這大學是UBC，我還是想嘆說，你一生中有機會開悟的唯一時機，會唔會已經錯過咗。

以邯鄲學步的亂做食物，或是街頭價廉速食湊合果腹。我們的外埠生活如此開始。在家時連雞腿都烤不熟的少爺，未久都奮起自救，搞出一套獨家保留祕製料理，用以苟延殘喘。人在食物面前低頭，豁免了不合時宜的高傲自尊，一律平等。

恍然懊惱真應去陽光明媚的海岸，不該選大雪封門的苦寒之地，南方體質諸般不宜。在大潮拍岸一波波有間隔，但力道不足以摧毀隄防的悔不當初中，太多時日已經過去。

那些年份裡，尚保持書信往還又同在美東美西的同伴們，有時會利用漫漫寒暑假乘車搭機，彼此串連一番，互通訊息與有無。留下的合照獨照裡，不分男女一律層層包裹在厚重圍巾雪衣內，妍媸美醜不辨牛馬。皺臉的要大於狗臉的歲月。總結下來無非是眾人皆處於飢寒交迫的艱困狀況之中，不然怎會想到要找彼此抱團取暖。

回頭看當然早就不算甚麼了，彼時彼地代誌大條。倘有體力強健、財力充裕的父母越洋探親，或者尋常家裡寄來衣食包裹，那個寧馨兒都如聆聖音一般。周圍友好也隨之雞犬升天分一杯羹。微細的一線心香，乃著落在故鄉飛來的肉鬆之上。

合歡山的雪景祇在攝影展中匆匆一晤，無計可施的濕冷陰寒，並沒設身處地過，譬如零度左右的淡水之冬。歷史上長的氣候分段寒暖交替，逢大冰期有梅。東洋大雪多年之後才有幸領略。最好的人地關係不外乎是：你在我這裡，來來去去亦可以。

有人好事，電郵我一則坊間閒話，噹地一聲午夢敲醒。那是有關印表機的身世大祕密。其文曰到達一定的使用損耗次數之後，某個廠牌的印表機自動停擺，無法再戰。但祇要取出內植記憶晶片消除工作紀錄，就算解咒滅掉封印，機器又笑孜孜添酒回燈重開宴。整個是事先張揚的命案，迫人更新的商業陰謀。

我也很想找到那個生命的總按鈕，但不是回收再啟用，而是一鍵銷毀，或至少恢復到出廠原值。

類似的事情早有過，像學長明成，講他留學時有一身修補腳踏車胎的好手藝，自買價平的黏膠與膠皮，將之剪成妥貼橢圓，貼合出洞處無比適切，因之一騎七八年，老馬跑天下。弄得我數次動心想和他討教學徒，好在星移斗轉，一損俱損，一隻螞蟻落口，真就嗑掉一條長隄。學長空懷屠龍之技，我也樂得不用再學，挽救了笨手拙腳的原罪。

惘惘的回聲們啊。就算收到儷影留念的密歇根湖畔合照，我祇有脊骨一寒反射到芝加哥之死。我的老友仁哥常說，至今最擾他清夢的噩魘，莫過於重回中學考場，數理一題答不出從大汗裡嚇醒。好在他比我早得道太多，從尊位提前告退，徹底解脫了無謂無聊的學院政治，一早攜眷暢遊，成為無牽無掛的五大湖散人，當代學林范蠡，逍遙快活得很。我們私底下的不正經說法是：等待到了榮休那一日，其時已與榮民無異，大概祇有榮總好住了。

老兵不死，祇是凋零。老而不死，是為書生。

興許一世中為數有限的歡愉，提早透支掉了。就如同那些一一消失的鐵路支線，祇擔負起過去某一小段的運輸載重，多了是承受不起的。而關乎縱貫鐵路的磅礡大時代，今日愈發連不回。最後留下給有情有義鐵路客的祇是一座獨自面壁的廢屋。車長的守候取消掉了意義，連車站都不復留存。故鄉是一旦起身離開，便不能再折返之地。等到親友一一凋零，這塊地方也便與你的牽繫愈加稀薄，像是搓扯綃然，棉線鬆散，洗了太多水的舊衣，貼心知意之外，伴隨了極大的損耗。它忠實合襯你身體的各處線條之時，人與衣都不敷使用。

我有過兩個夢境，四五歲左右反覆出現。現在總算可以脫口講出，不怕人由此窺知心事了。

其一是家人皆先我而去，拋剩一個孤鬼兒在四面紅磚牆的圍城之中怔忪。長夜漆黑，尖嘯而過是救火車的銳叫聲，撕裂腦膜，想像中車身修狹，漆色鮮紅一滴滴滲漏而下。

其二是夜半獨個乘公車無目的漫行一站接一站，似乎為了早點把月票消耗完。窗外茶色玻璃杯也似的棕褐之夜，半透明微微閃光，讓人有點心悸，七彩燈球懶洋洋慢速轉動著。來到市中心廣場，我看見一件雕塑，淡綠色底座，大理石白的英雄跨刀騎馬，姿態飛揚，那帽子式樣在拿破侖和日本兵之間，卻是辨不分明。馬前蹄騰空，後蹄踩得穩當之姿，在腦中定型了很多年。

長年學院遊方僧生涯，使我慣於東走西顧，常常都不期然究竟會在哪個時節，忽接金牌十二道傳喚，從而意外撲飛撞回老巢一遊一憩。

參差扶梯，左右由之。一上一下間，我們彼此望見。大都對方先開腔（我收回目光向來晚了半拍），驚喜喚曰：這麼多年過去了，你居然還在臺北?!而且都是老樣子呀，除去頭髮少了些，眼鏡片又厚了點，簡直是學生仔呢，好後生唷。我不好點破，老實頭交代這是回鄉偶書而已。一笑一顧，就此作別，心裡知道大約不會再見。上次和這次之間，也許是信義計劃區長成信義區的距離，然而一定拖延不到那麼久。

這是都市碰碰車的把戲，碰上哪位算哪位。寒暄客套，冷笑熱哈哈，一支菸的交情，不能再多了，講過轉頭忘，便作罷。不慣的人早晚都成慣犯。

來去之間，臺北城舊時月色，明明滅滅，搖動成杯底扭動的蛇影，見之驚心。背囊裡偷收著的那張弓，不知不覺化成了與其同體的一部分，卻很難找到揚刀立馬大展身手之場合將其拉開，好好舒化一下那壓制已久的筋骨和志氣。久之它就像不在那兒了，因你開始印象模糊，更加不知可以胡服騎射給誰看。

安步當車向晚時節，目之所及，一所所大學圍牆邊，滿坑滿谷停靠的都是機車居多。

日暮不會途窮，夕照之中返家行程剛剛啟動，轟鳴絕塵而去。險惡之轉彎路口，小心不被急剎車的後座力震飛騰空而起就是勝利，同時也要祈求公車司機稱頭一些，時時注意後視鏡，以求不白白做了冤鬼。通學或往來上班通勤者，每日皆仰賴行徑如此。家有腳踏車衹是短途周遊，或為專門騎行愛好者準備。

當代的機車信仰，見之於某一冊講說新臺北人的書面影像記載，有言是：騎士衹有淡水河底無法騎到，而其餘各處可到。

白馬飾金羈，連翩西北馳。

我天生膽小，怕肉包鐵，更怕鹽水蜂炮，推衍可知不夠陣去觀瞻燒王船，連迎媽祖也衹偽人類學者地跟看過一回。理想生活是但凡到一新地，衹求輛腳踏車四下代步，再得一口好電鍋煮飯自食（埋鍋造飯嗎），就可稱南霸天了。

某年歸寧式（亦是受召）往中部某大學隱遁一年。千算萬算我沒想到，誤以為得歸園田居，然而開始於輕災難，被眾人大呼小叫半擁半架，帶去一中街喧吵之境，與蔓延成蝗群三五聯袂路過的潮男女打成一片，美其名曰讓我好好吃玩逛看。我太不賞臉，身體不濟，死樣活氣，怎麼都無法融入狂歡氣氛。

眼前這一切繽紛亂象讓習慣獨居老人生活的我心慌目迷，連基本款的檸檬愛玉都沒能喝完一杯，就極其落漆地和地陪小友們打白旗，宣布不支退場休息。

我盼之久矣，一心期待的寧謐幽谷生活，還未起頭，就被開了個大玩笑。既然無力抗議，我衹得整衣起身，思路跳到極遠的過去。看來人是真的要短短逃開一切熟識的人事，脫域潛隱於異國，才能徹頭徹尾不受打擾，過上全然的遊離態生活，三餐一宿，天生天養（另一途即自生自滅），不必配合同一屋簷下的其他生物，看任何人眼色。

扶桑一年，舊遊如夢。許是為了不踏破昔日印象之園（縱羊踏破五臟廟，總歸不大好的），我歸來以後都是將那段生活整潔打包收納，輕易不翻動以免使之惹塵。抽屜深深處總還容得下一段未枯淡不畏光的燦白過往。訪時為客，卻做了一己真正的主宰，幸甚至哉。

離開的前幾天，忙著處理各種證件和還書問題，想到從此又和這個棲身過的空間交割了全部聯繫，難免有些本能的傷感。來不及採買借閱影印拍照的這些那些，恨不得是條鯨魚可以一口吞下滿船資料，慢慢海運寄回的一壓再壓，好歹控制在五箱以內，太不能盡興。曾聽聞有歪果人斥巨資，將堆放在荷蘭老家的幾十大箱書籍外加手作的木質鋼材零散裝置，不惜遠途運到島上，未知後續歸國時怎做處理。從鹿特丹到基隆，偉大航程何其輝煌。每個囤積癖者無不希望老天好心打賞一座倉庫，用來盛裝吃不飽的慾望，這些逼上梁山的人家裡都有一條不可說的曲折小徑，時時瀕臨字冊加身的滅頂危險。

更早幾日，彼年元旦之前我去看一位並不熟識的前輩，乃是受人之託，或曰太急公好義，提前誇下海口以至於必須要親身上陣，踐約圓場。又或許是一時為那般深情厚誼所惑，自己也在並無明確意識的狀況下，一心想要參與其中，才選了這樣的追補方式吧。但若非得此一行，不會成就我往後的大片如織憶念，可一不可再。

身後祭掃應交與生前親族，弟子門生去做，我唯恐自己逾矩，甚至是越俎代庖了。是以這一回帶點奇幻色彩的拜訪，竟也對內外封口。當年允諾的此公舊識，暫無重會之因，而未貿然相告踏訪情事。究竟在牽拖猶豫些啥麼，澀澀不能吐口，我捫心自問都時感莫名，總之，岩層沉積愈久，埋藏的不明雜質也就愈多。久到自己都拓印在石頭上作了畫像磚的圖案一部分，就沒立場追究事由了。

往復該地的路線我從不衹一處讀到，其中幾種來自不同過客散散寫下的遊記。專為紀念其人的僅得一篇短文，記在偏僻刊物的邊角，無意偶獲的，最初查找那份刊物也是另有他意。七七八八的因緣拼合到一盤內，居然也烤製出了風味不惡的餅食來。到訪之先，我心情上頗有幾分當其是故地。地圖念熟了，好生循跡一路尋去。

一年之交，歲暮天寒，此際人們想的主要是新年之事。街上行人稀疏，偶過的幾位都快行快步，唯恐被抓差似地塌肩縮頸，一閃而過。異鄉遊蕩，又身處從沒去往過的交通動線中，我不自覺握緊衣袋裡細細寫好地址的字條，好像這樣就能多得到一點確信。一個人在途上，無憑無靠，能抓住的，也就是這窄薄的一樣物事了。指頭上凝住的氣力畢竟有限，電車開出去幾站，我心裡搖撼不定的感覺更甚，未知的渺遠之地，我又能如期如願找到意欲拜會的所在嗎？悠悠延展的思緒煙篆飄飛，著落不到任何一株植物上，花樹寂然看不出甚麼啟示。車甫停穩，我倉皇一腳踏下月臺，差點失準扭到腳踝。

整片墓園就攤開於路旁的郊道，一大片深淺灰的不規則餅皮自由開展，像少人光顧，又或許來者多是躡行暗訪客如我。此前此後我都沒明瞭墓草久宿於斯地的人，有無相似的身分名位，又各懷何種生前身後事。行動的唯一性使其不可取替，卻也釘孤隻到如同作偽。碑前花朵，碑上水色隔了一重光影當圖志看尚好，眾相混雜就做不得真了。周遭無人可問，一位和服戴笠女子木屐篤篤疾行過身後，半步不停大有鬼魅之意。我還轉不過意念來要開口相詢，她早消失在遠方的路中了。

再呆立下去暮色祇有更濃厚，我就更難辨人面方向了。已然至此，若敗興而歸，勢必會放成一個心結，於人於己似乎都不是辦法。我雖未正式受洗過，此際念頭一閃，想說不如就乞靈於冥冥中不可知的力量看看。於是我合十身前，默禱道，先生，如你應允我來探看你，就請引導我找到你的碑石吧。如此反覆了三四次。我一睜眼再轉過身，赫然看到那碑上熟知的兩個大字，滿滿入目。

當下的感動難言難說，我虔敬灑掃了墓碑，並在路邊採花集之成束，端端正正放在其下。這樣的啟示，日後回憶起來即使仍覺神奇，我也沒向幾個人講起過。

次日晨早，我在多摩川畔散步，心裡流動起《千風之歌》的旋律：

「我不在那裡，我沒有離開這裡

化作千風，我已化身為千縷微風……」

綠園之春

後來就顱骨安枕邊框側畔，倚窗所見的，是薄荷綠一色沉睡著的毒藥之海。曠齊曠齊，依聲擊節，這並非最後一顆發掘自海棠盆的愛人頭顱，頭頂茂黑髮旋與南半球的渦流轉向重合。討海人手手腳腳密布縱橫細紋，猶在描畫灘塗的密語。凡得之於海的，必有所償還。「他在互花米草蔓生的海灘，看見招潮蟹絕望的眼神。」三萬兩千英尺高空或者其實可以陡升更高，聽到這句話，氣流之上整隻胃袋突遭狠辣翻轉，如像氣球瀕臨破裂邊緣，中心欲嘔，遂與機身一同載浮載沉。彷似有很多氣根的仙客來要浸在水裡，每次乘車搭機抵達終站，你都選擇以一杯冰橙汁澆活自己，甘酸沁於舌本。

從縱谷回到盆地之內，一如自陸地歸來這島上，由乾入濕難。一旦收束蛇細以後便似楚地纖腰，水滴甩落，涓涓紛披。以傘柄問號耳朵勾掛住亮閃閃下行階梯扶手，乍指一鬆是放縱的快意，傘身彌散濛濛雪光，蜿蜒而落一羽孔雀白。你鞋跟疾趿追隨趕上，伸臂抄在指尖，轉瞬衝進最近一班捷運。也曾就此棄守不顧，冷眼相待，任憑一張俏麗之臉青白瓷玉緊貼融在冰凍玻璃上，淚色蠕蠕映向夜暗對街。白茶噴霧香氛揉搽液滴合於掌心，摩擦出無復憶念的風訊。(「絕望像一支白唇膏，擦過了你，有誰見到」)

耳機以幽聲一嘆熄滅在你耳蝸。

這柄破傘子，像所有的傘，祇撐過了一個雨季。

風急天高，城南街邊檐下，鵠候其時，有此傘在側。你混同路人，饞待著車輪餅。落日滾滾總搶先一步出爐，輻輳遠去，不偕行。人卻三兩相依，側耳低語，合計共要幾味幾枚。掰飭不清者，則以字條鄭重寫下，持之有故。稠稠奶油撲鼻佳美，爬升紙袋逾越邊緣直直入口來。遂以傘為杖，自號荷蓧丈人，扶壁而歸。出門前你亦用它威嚇想要趁機跟出來的虎斑貓某，迫牠浪貓知返，老實回巷子營生去。

不行不到，「本店使用臺灣牛」白底紅字橫幅眉目分明。行行更遠，人家陽臺上扯出一幅福島反核的旗，給南國暖陽略略曬脫形，大剌剌張掛，無畏無懼。米白旗布上形繪島嶼亦是薄荷綠，溪山有秀色。

太久沒回來城南漫遊，一切都眼生而新鮮觸目。

嚼之令人下淚，最像上海包子味道的島上包子大隱隱於左近市場。下午兩點準時閉門鎖戶，因之撲空若干次。城南無美不備，文章食物雙美皆臻。背海人猶有家屋存焉，往昔竟然是眾人炊爨壽喜燒之地，原跡先罹火舌舐淨，又在盆地高濕中慢慢爛完。

某雨色黃昏，你策杖出行，進二樓書店躲雨，傘尖飛落水花，竟意外遭遇背海人同版畫家對坐論道，聽者眾。你悄然混跡人群之中坐得低低。背海人白髮蕭然，一絲不亂，鏡片後目光沉穩而慧黠。他說每朵花都是一座爐香，而流落街市的孔雀俯瞰臺北十丈紅塵，高貴落魄若馬奎斯的巨翅老人。一冊奇異說部，書寫過程中紙筆如刀劍，落花飛葉傷人，乃至敲壞了三張桌子。這傳奇你們少年讀書時便聽熟了，再聽幾多次都不覺厭倦，唯要感嘆這寫作成本下得恁大。

與之不相伯仲，新生南路麥當勞裡恆有奇譎老者坐莊，與等身齊觀的報紙垛為伴，對面街邊永遠停靠臺大的獻血車。拆生命房子之隱喻浮凸現實，壞毀了紙葉連帶肉身。懷恩堂傳聞為背海老人攜夫人同去做禮拜之地，此一帶的書店亦得伉儷影出沒。氣墊鞋，輕巧背囊，時時都似天地過客。

很容易掉傘的城南，恰如很容易落雨的天候。風落子似的城中各方遺落在此地之傘，夜半無人時分，都悄悄伸張成了一屏屏的測雨儀。跣足踏水深至幾許，方可不受浮力？

跟隨緇衣之人走過龍泉街，綴行酷影。嚮導踏起赫爾墨斯之翼鞋，你快步緊追，以便保持近似速率。微雨飄飛，你呼地一聲按開傘，欲分一半予緇衣人。其人笑說不必，這種小雨他不撐傘的（「你是望海的少年，不穿雨衣？」）。你遂斂傘莞爾，好在頭上有騎樓遮蔽。滿街黑濕，獨獨不見閃花的人面們。緇衣人細細講起昔年研究所歲月，週末乘通勤車，自中壢至公館，掃蕩一帶之書店，如逢節慶。穿透時光你仍然明白看見那不可抑止的歡悅，蒸騰成當下世界的漫漫雨霧。緇衣人沿途續作講解，指出各家書店的所在方位：哪家舊書店總是頗有俘獲，哪家書店常有青年集會但如今遷址他去……不一而足。你也被氣旋挾捲聽得悠然神往起來。這些少年世代的記憶，都和你相去已遠，聞聽年輕的緇衣人從頭細述，頓覺減去了二十歲年紀之多。他推開厚重玻璃門笑道：「時間有限，我們稍稍看一下就好。」沙漏倒轉，滴漏嗚唱，分秒必爭之地啊。

方才在收訊不良的地下道，你帶著幾分洞穴幽閉的惶恐撥給緇衣人，話筒裡傳回的是篤定低沉聲音。天雨悶熱的樓梯與甬道之上，人來人往，你重又鑽出地面，到對街找尋正確的捷運出口。鞋襪帶起水點，傘柄撞在欄杆上彈出回音，噹地一聲清越，像誰的指節擊落他人額頭。

一條捷運線至此而止，廣播放送著本站不再繼續載客，往下一站方向的乘客請在站臺候車。但綠色不似終結，反像延展。這一站依然是中途。多年前困惑感慨的路口，今日靜好猶勝往昔。長街慢回，你並未步出臺電大樓、古亭一區。這一帶學區史跡久矣，踏過的街磚都似無一塊無來歷。跳閃的幻燈連環放映，插起撲落又拔掉撲落。郁永河漫遊島嶼看到海面扭動鮮麗水蛇，採硫者耽愛火山。手指滑過電屏，便可復沓模擬的巡遊之路，舉重若輕掌中過。

民國終於百年。鐵軌像記憶一樣長，島嶼詩句香江反寫。港島歌者再唱時代曲：「我哪能認得出喲，我哪能再等待喲，我要，我要追尋——」但傷知音希。掛鐘與月亮，兩地雙城小說家不同的第三城旅館房間情景，時空窗格。紅衣獵夢者，兩團襪子踢落椅下，手擎一盞桌燈，敦實身形一如托塔羅漢。黑騎士鞋必有帶，扯出等長蝶鬚栩栩然，一隊鴿子暮色中還巢，自窗外飛掠而過。閃鏡回映，泰順街角，在與社同名巧合的食肆坐定，老社長悠悠說，如若到了他關門歇業之時，島上文人辦出版社的時代亦隨之收束。但他會奮勇堅持工作到七十五歲。你聽在耳中，有大震動。在變亂時世中，努力踐行有頭有尾的約定。風漬水浸一部閱讀史。而一生之中，美的流轉易手，究竟是虎符剖為兩爿各執一半，抑或是玉連環的難拆難解，漩漩不絕？

隔岸呼渡，你曾撐傘靜坐於某城人民公園入口處的長椅，傘花沉寂為一墨雲罩頂的黑蕈，不祥的死亡之兆放得好大號數；也曾潛行北車迷宮地下道一路尋去，重見天光時恍若走在福州路上，不過目的地是另一座出版大樓而已。歸途出神走入新公園，荷花池已經沒有紅蓮。如今人們多半在細雨中行至凱道，快閃集會，而後黯然離開。難得無雨有晴，可以負暄孵一枚好太陽，你坐下來無意遠眺，西北有高樓，其上字曰：自在生枝。

你不甚了了，兒時的外在架構，即那些賴以寄託心事的建築、店家和街道，在你每次有時間心情細查重訪的時候，一應都先行告退了。不知所終是太尋常的了局。抬望眼全球化的一刀平狂潮中，愛惜羽毛顯得何其應時當節，又最為不合時宜。當是時也，臺島港島兩相望，不約而同地興起各路門道的地方誌書寫，有些插畫粉彩嬌豔欲滴，有些則就是不折不扣的看圖說話了。讀圖時代，圖像最大，文字請在隊列中等候，排到了再過來，切勿插隊。天地逆轉，救救那屋邨，餘者再議。

這在你看來，不免迷陷於地方保護式的自戀搶救法。讓更大塊的斑駁歷史任塵埃掩埋，席捲於狂風沙中，但在此之外，不容許生民隨手丟掉一隻舊畚箕的做法就是對的嗎？甚麼是該要從容告別的，甚麼是須得極力挽留，且付出捍衛寶貴代價的，天地悠悠，並未預先講定確然的界限何在。所有的舊物一概不失，空間壅塞，那又要讓新的世界如何繼起？

古城舊跡們一再神祕失火的劣行，已成人所共知的祕密。世界時時刻刻在崩塌之中，還有更大的毀壞要來。你靜思時不由也覺好難自由呼吸。南部港都的舊戲臺、老車站，一一走入灰白迷糊的往昔影像之內。你為此暗暗後悔著，沒有在最終揮別之前再遠行一次，與之徘徊勾留一回。指尖按下次數過多的鍵盤帽，要墜未墜滯留在上面，一旦狠辣舉手摘下，也便不再湊合將息了。

北淡線鐵路消失之後，如今人們早就習慣了取而代之的淡水線捷運。捷運元年你正缺席不在國內，然而同期的虛構紀實文字，無一不或隱或顯控訴著施工期間大風起兮沙飛揚，熱與塵不堪其擾的晦暗街景，特別是臺大周邊重災區的子民們，怨聲尤甚。淡水興興旺旺始終是不渝的優勝美地。而另一端的新店碧潭較老年間風華最盛時，衰落得多了。你時間錯位地停在「如果舴艋舟再舴艋些，就可以照我憂傷的側影」那般夢幻年代，自然是要處處著驚受閃，無法如願得到最好年代的回眸。就連淡水的重點遊地亦有所移易，現在不會再有甚麼神經系的旅人或侶人，再把紅毛城當作首選非去不可的勝景一探了吧。沿線各個點狀地帶的盛衰起落，音階有高低，異時何曾彈同調。

便有那麼不甘心的一回，你專程上路，企圖打破時間的不公允分派，自行穿回好年月的心儀之地。抵達之時，你不得不承認，新店吊橋一帶委實衰敗得多了，即使那些執著的印象多半是間接的。眼前這片水域，其聲色顯見不屬於當時當下的紛繁鮮麗世界。烈日灼人，你行過吊橋四處張望，通往另一端的山道以鮮紅鐵欄阻隔出一處喝茶的小樓，還沒開門。下頭一隻黑貓懶洋洋徜徉在欄杆周圍，不似家養的，特為完善畫面，跑來提供了紅黑對比色。

老街祇是尋常小鎮上的生活街道樣子，店鋪門面冷落，開張的少於閉門鎖戶的。

你心下稍覺失望，仍走來走去走過了一個來回，將每一家鋪面都翻書頁樣地瀏覽過來，找不出甚麼別樣珍奇，才結束老街巡查，穿過它的軀幹，試向更遠處進發。

你順著老街的後身街道一路茫然無目的地走下去，並不確知到底會走到哪邊，直覺祇是要走而已，走離碧潭一帶傷心地，深深遠避，隨便走去哪裡都好。路隨山勢上揚開始略帶一些陡坡，近午的陽光愈發濃烈。路經一座小廟，你坐在旁側的青石邊沿上稍事歇腳，把過長的袖子挽高，露出手臂，去掉一點悶悶潮濕感，就又起身上路前行了。香火與青苔的氣味越行越拋在身後。

走得愈遠就愈不知所以，驀地你看到右側路邊有一小帶草叢，更確切說是雜草叢生自成一簇一堆，綠得生氣勃勃，碧連天的那種綠法，葉片葉脈塗油般葳蕤自生光。諸多葉片團聚一處，那種光彩奪目照人，令見者為之止步。再近前去，則覺這片草叢有更多蹊蹺不同尋常處，從草間又透出一些零落的石柱之類來。

你定睛細看，大為吃驚，荒草非荒草，乃是連續幾間廢棄的房屋。外部的牆體有的已然全部打掉不見，因而讓出地界來，一任雜草瘋狂竄長。有一兩間的門保持完好，但再也不會打開了。連棟廢屋所形成的美麗小院落，地下的植物似以四葉草類為多，更添了一種浪漫風致。其中一個門中還放置著一頂棄置於此的機車頭盔，鵝黃色依然鮮亮。

最令人不思議的是，這幾間房子即使實體漫失不存，它們的門牌仍具實效，白底綠字的永業路某某號，宛如生時。甚至有一條石柱上，按對應的門號投遞了廣告和產品目錄等傳單小冊，冊子上黏貼的地址籤條與之完全一致。那些碧綠可愛的四葉草們飽滿鮮活，決意代身過去的住家來做廢屋真正的主人。

如蒙大赦，你知新店並沒有衰老消逝，這裡就好生潛隱下了一千個春天，它們是生生不息的綠園之春。

雅芙II

喜帖在門上的扁扁信箱裡默然躲了很久，如果不是有張茶敘和讀書會的小傳單來封住了它的口，也許我還要更晚才會注意到這個紅封，說不定就錯過佳期。接到這樣的邀約並非第一回，雖然我向來不認為自己有任何兼任婚禮主持或大型慶典司儀的才能，卻似乎已經到了某個一再被傳喚的慣犯年齡點，即使自感心虛，還是會被眾人推拱到那個土偶木梗之位上：You are wanted. 令我不由要思及訪問某地時，其員工飯堂所用的ＩＤ認證卡，祇要一拍在機器上刷去金額，那方連帶的小屏幕上便跳出持卡人的證件大頭貼（郵票上女王頭像？凡人過乾癮）。吃餐飯都被全場通緝核查名姓面相，慘，真個好划不來，所選菜色沒當眾宣洩底，已俾面甚多。何況證件照通常抓到的恰是人最醜陋沒防備的那霎，平板僵硬，不忍久視。電光石火一夕毀容，最好的用場很可能是留作遺照，正好藉以縮短在世之人懷緬的時間。相中之人無辜至極的眉眼口鼻，由於鏡頭過分逼近，從而放大到近乎劈面奪目的狀態。森然冷冷之蒼白，藍綠瑩瑩一如某種深海怪魚，難以為之安置妥當的生物學分類命名。

那絕對是一餅沒有神情，既非狀態，亦非事件的灰死之臉，組合起來好不醜怪啊。觀之令人不樂本座，不欲再生為人也。

而既然被目為一條河總得流下去？那麼，是這樣嗎，所謂承認的政治。我們在認識自身之前早就接受了外在的定義，小小神廟轟然坍下一大角，衣領不淨不垢。目光失焦迷離之際，驚覺此身早是中坑麻甩佬的預備役。初老、後中年，多麼粉飾的強為說詞，簌簌落下掛不住的碎屑陣陣。拍肩一飛即是雪漫背胛。從有機物向無機物的剝蝕風乾。千千萬萬個新的縮細存在物，都不再是真正有活力的肌體組織了。

每回臨危受命，也便祇得認命隨喜，勉強為之，乖乖接受角色設定安排，努力完成自家戲分。久之磨礪得老鳥嘴硬，且練就了一定的面不改色畫皮功夫。這時的要訣是全然忘我，不要多想儼然肅立，在賣力致詞的那個無毛兩足生物就是身分證上的姓名籍貫所應之活體，就一切惠風和暢，堪稱忘我忘機，不理上演哪幕身在哪區。彷彿被不可知的金手指點中榆木前額，幸得鬼神加持，錯覺自己正開壇做法，筆仙碟仙齊飛，身體裡潛埋多時的那隻邪魅乩童驀地陰險迸裂，啊嗚一口咬破了繭，恣意大行其道，自口頭湧湧而出的萬人言語，錄放下來聲聲不堪重聽。因之每每有人請求我可否授權製作講堂錄音、視像錄播種種，我都盡量不著痕跡但態度決絕地繞過閃掉。啊生命中那些無以自面的地獄時刻，砸碎了一千面鏡子，癌變出愈加收拾不完的碎屑己身，一簸箕掃不走。三重鏡像之後，你也成為一顆無知無覺的晶體，折射反射再多世相，仍不算合格的三稜鏡，摻合了甚多不透光的盲點和濁物混雜其內，沉積為挖不掉的身體組分，且行且伴隨。

事後彷彿風吹酒醒，自嘆何以會不懂拒絕到想來無解的程度。身隨意轉，風吹水流，無有怨嘆，不辨曲直。凡人莫及之獻祭高度。人人得而予取予求，摳挖一塊他們認為需要我的部分，看中我專會鞠躬盡瘁，戮力以之。

哎嘿，會議中途，深知此病的雅芙忽然理會到這一節，於是她舉起筆桿戳戳我，看起來開心透了：你該開個膏藥鋪，一帖見效，百疾全消。恐怕比你繼續在學院裡推磨要來得開心輕鬆呢。我啞然，臺上講者正說著清末北京城的吃水用水問題，茲事體大，和區區之去就相比，無足道。實際我因講題枯燥，又去我所學甚遠，也神遊八荒，手下忙拆分一枝按彈簧的四色原子筆有時，苦於裝不回去，抓現行可真是難堪透頂。

——這可不是就像專修天平冠，兼拔虎刺？疑難雜症都歸我管就對了。

——對啊對啊，但凡大事情，都交給你們這些至聖先師級別的人物去做，當然麻煩事也是你們的，反正我是做不來的。

——就看看我們這些手笨心拙的，祇好做粗使丫頭罷咧。那些不用太費心的，但也不能太重的活計交給我們就好。

——哪裡的話啊，明明妳們才是大小姐，嫁得好又好命得很，管吃吃點心賞賞花足矣。其他哪敢勞煩得動妳們呢。

——祇要沒到「守玉如身，愛貓如己」那程度，我都肯認賬啦。

雅芙對一雙兒女都自由放牛吃草，愛學的就一路讀到底，不愛的就任其早早尋路自力更生。祇要不行歹路，她就不會沾手干預半分。一生愛好是天然。

尤其母子母女兄妹彼此都相安無事，在血親的理所當然命定規程之外，似是種半分也不黏膩延宕的勾連，既清淡疏離，又綿長不絕如縷。

這般水底珠玉一樣的珍稀人際連結，多年來之於我都邈遠不可得，明知杳然難期，遂漸漸放棄了求索它的可能。看到時候總還會一眼認出，大抵期盼太過，遂忍不住心底雙手雙腳一齊舉起鼓掌舞動，說是要來做空中踩球踏單車，都歡躍不為過。

與之兩端拮抗的弒父一項，無論是作為現實中還是抽象的精神活動，在我都根本無法想像遑論執行之。歷史的水流本就刀斬不斷，揮之牽纏則更陷得深入。與其讓下游洗衣做飯撈起一捧血腥，不如轉頭不顧。倘或遺澤本身就是債務，那麼耍賴不要繼承行不行得？余生也晚，同雙親相聚的年齒本就少於旁人，要掇拾都來不及，怎能親自動手將之毀棄於地？至於文化血脈上，興滅繼絕猶有未逮，怎可能自斷經絡？

事實是我不灑脫，也不激烈。為了自我免責而採用逃避的，淡薄如影。所謂人情澆薄，在我聽來，大概就像配菜下飯的醬料不夠，害得澆頭口淡，淡到近乎無，可以忽略不計（彼時尚不時興淡出鳥來這樣的修辭，我們這等老派人，也許是老厭物還堅持某種可笑可憐的口舌清潔感，總有點口含棗核的力不從心，多少都很想直接噴吐雞骨魚刺在桌面，扯掉領帶撕開正裝就地躺平大睡，給它爽一番再說，不要強制自己繼續再那麼古意，其實是假仙下去了）。催眠師的解放身心之法，隨鐘擺沉睡入眠。我們都需要得緊。

雅芙容與的地方多於常人。始終我不明她怎能安心寬舒如此，更像老輩人，說近不過我們上一代父母親那般，一派兒孫自有兒孫福的從不多用愁煩，卻又無他們那代仍長保不衰的緊張控制，怕風怕雨其實最憂心的莫過於兒女脫韁自尋去路，拋下老父老母相對大瞪眼。

偽作輕鬆容易，對切切關注的身邊人，能做到真的放手而不脫手，心志都是健全堅強到一個地步才辦得到吧。二郎神額頭一隻眼，誰人沒有長捐心底唯恐外洩，遭對方銀杏之眼怒視，一口咬定你就是狂魔暴走，control freak 過。

實則我並非江湖傳說中的柔順好脾性，多年下來卻真心維護著假象祇求好過關。有如好端端一輪圓月，生生分拆開來拗成彎刀，就算意欲見笑轉生氣，都嫌笑得不夠快意。面部紋路擠壓出的祇是慘苦不得志的圖案走向。自我反動過太多次，到了現實層面都鏡花水月一時散盡，沒用到底了。見過我火山爆發的人一隻手數得過，且無須滅口。他們心照不宣協力我共犯糊住紙寶塔的七層。

忍耐之必要。眼觀鼻鼻觀心全神關注暗暗鼓起腮幫（正式場合總不能真的如此脫略形骸），以一口吃個老母豬不抬頭之氣勢，一次出清將要講的通統講掉，如此絕了心頭大患，也算成就一樁功業。可謂賓主盡歡，再好不過。

信是老友手寫的，一度我們也在某地某時共事過，雖然共同主持的那個項目後來中途意外停擺，但共同為之較勁傷神耗竭的日子，彼此親厚，憑直感摸索逐漸確認對方是可以信靠託付事情的人。她字跡柔勁中見灑脫，不黏不滯，倒與其為人頗一致。此際她俏皮柔和寫著務必請我出面撐場，在信尾畫下長長一條像是波斯菊又頗似鳶尾的甚麼。她是個明快鮮麗的人。

我糟糟亂亂想著手頭排到天邊去的那些待辦事項，一面盡我所能為新人編織好口彩的佳詞麗句們，竭澤而漁將腦中所餘有限的古文詞章都掃描排查了一遍，錯覺快要缺氧送醫。我書呆子脾性發作，甚至特地查閱了一些民國時期的文獻材料，專門挑出日常禮儀，特別是婚姻祝詞的部分仔細研讀良久。有些措詞實在過於陳腐，我得巧妙擇取能適用於今的，鐵路截彎取直，之字形一路 zigzag 下去大剌剌好不喧吵哇。

這也不啻好壞葡萄之間的取捨大戰。這些和我慣常分析的法條出入甚大就是了。外文系和法律系都曾使我痛苦輾轉過，那大概是誤信了大學班級導師的話，真正有才之人不要選某一科系一讀到底，而應一轉再轉，嘗試躍動在不同的學門（轉換跑道有如轉山，我適應不良，天地眩暈，一度心灰意懶到想遞辭職書脫韁去賣滷蛋。）那時多虧母親及時提醒說，你手太笨，恐怕滷不好，也賣不出，囤下的我們自己消化，未免會吃到吐。我才從此徹底打消了誤以為可以自練一門手藝傍身的念頭，傷心默認百無一用正在我輩，不去拖累親族友好，就是頗有禮於他人了。

至於哲學，那也是決意不會去讀的了，耗思太甚，砍伐掉成千上萬核桃樹長期補給腦食都不頂用。我自認後續力不足（不似金霸王電池的擊鼓粉紅兔，勇健有聲，比梁紅玉鋒頭更勁，較那頹喪推石上山的苦命人心甘情願太多。即使我族終其一生祇是垂頭鷺鷥伏案人而已，一條好的 spine 都是必要條件，卻遠遠都不夠充分啊），有可能就半途迷航，特別是我很怕由此再想起和K有關的任何。人的智力登頂到一個山頭或許就已經造極，再苦撐下去，換來的也僅止是下坡路的衰變之境。落差恁大，那又何必。從前我們高中那一班，多少人意醉神馳選讀了物理電機，乃至更高精尖的流體力學，自恃藝高人膽大，一心可以衝頂華人世界的愛因斯坦之位。最後卻有不同的墮落法。

中學時期班上體育委員，數理生化全科次次折桂，連眾人視為畏途的三千米都長期跑年級第一，人足有 180 還多幾分。可以想見明星到何種程度。

昨日的世界啊。別再提起。

他日我再與其人重逢，發現他專營跑單幫，在美利堅淘貨而後放去網路賣場，事情做得有聲有色。本尊加碼成一頭笑眯眯的大阿福。

你哪裡高就？厚實熊掌加了幾分重力拍在我肩頭。哇書生果然還是書生。

等兄弟我賺一筆大的，印你的大作，去街頭巷尾見人就送一本。回頭也好和人說這是我老同學。

心裡掠過一次泛泛的厭惡，我沒吭聲。

訪舊半為鬼，朋輩成新鬼。

好不好幫忙寫個論文？下一句來了。他在職修讀啥麼新興文科，央我槍手代製的居然是學位論文。

海德堡舊譯海岱山，到他老兄就是海代山，海外代購尋人代寫論文一體。

我也不明白人與人之間的機制差異怎會恁大。像我看某些過於不上道，報告拖著交不出的昔日同學或今日學生，有種不能理解之隔。再大的大塊文章，每天寫兩百字，螞蟻啃骨頭總會啃掉的。

我母親愛說的：大鴨游大路，小鴨游小路，你不游，就甚麼路都沒有。我身為不夠靈光旱鴨子，總覺游得吃力辛苦。有首促狹童謠唱道：門前大橋下，游過一群鴨。快來數一數，二四六七八。

姪兒給我講他們新世代人類愛看嗜之如命的動漫，麻辣教師。有一格特地揭祕畫出水下難看之至，劃撥撲騰以此前進的鴨蹼。哎，維持體面光鮮，檯面上放送給觀眾的祇有白毛綠水就好。

我按下惡向膽邊生的不當意念，緩和了語氣對海代君說，不好意思不行啊，我自己期刊論文都趕碌得一佛出世二佛升天，沒法再接外差了。

他回投過來簡短一行字，歷歷鮮明像做簡報投影在白牆上：好遺憾喲，浪費了你這個資源。

資源?!確定沒認錯這詞，揉揉眼睛，太驚疑我幾時晉升為石油煤炭一類緊俏搶手物資，連人族身分都被剝奪光光，一時間陡生遭遇大風捲走假髮的惶惑感。三八線從此狠狠劃下，我怒極。

人族心裡的海溝泰半都是曾經親密無間的友朋家人砍下的，他們最明瞭那經脈的走向起止。冤冤相報，無頭債務亂成一筆糊塗賬，勾銷不掉了。

重磅炸彈這一句資源，足以教我卸除可能存有的任何顧慮與人情負擔，輕快將其列入不再往來黑名單中。此後我兔耳長立，逐漸明瞭一個懊糟事實：久斷音訊，驀然冒出來的故人，十之八九非關聚酒，不為敘舊，而是最最俗濫的無事不登三寶殿。他們大膽憑藉和廟祝的好交情，就連拜祭之用通門關那個豬頭都打算免提上門。大可省了另就他地，還不白白浪費供奉品。友誼政治學大敗納貢經濟學。

管它應考與否，有老師當年佈下諸如「二十年後再相遇」這樣的作文題，今日看來都像一語成讖的惡咒，至少也是不懷好意的妄測吧。潛埋下種種報應，一律要到日後顯影。事實總是猝不及防，嘲弄將一切看似沒遺漏的防衛工作破壞瓦解殆盡。

今兒晚上脫了鞋子，不知明天還穿不穿。與其苦等頭頂天花板未落下來的那一隻，熬出紅眼不能睡，不如先看看自己腿腳能行幾遠的好。

寫信給十年後的自己，最好不要，除非出乎事先留遺囑，託孤分物之思慮，否則徒增自擾。複製和預支都是能力範疇之外的行徑啊。

生前身後事，意中眼前人，概莫能外地在加速下墜之中頓挫、停滯與損毀。一個人究竟要得多少教訓，才可稍微避免一些沒必要的犧牲呢。那些行過的焚烈連同餘燼，是罪證還是紀念。

自詡為不世出理科天才的同窗們，出社會時太多人不得不折戟低就，進了各個企業或公司的科技部門謀生為要。本來按法商科的一般去向，我也不是沒機會去做個法律顧問之類，但腦壞程度不可自抑，總覺面薄，難以應對人事，遂保固長久地堅持到底做了學院動物。雖說對甚麼人講話一樣都非我所長。學生是一種被迫聽講的專業族群，不得不然。

天才們的流體力學終竟不如我的樓梯力學，中年發福以後，請勿善忘，千萬不要坐電梯，要勤勤懇懇爬樓梯，低碳兼滅除圍度。否則啊就連褲腰都繫不起來，無論一粒扣還是三粒扣，一件頭三件頭統統在險險要崩開的邊緣。大家見笑那何苦。

時代的橫截面少有驚喜，也不會失望到跌墮。不過不失，兩難式的虛設恐惶，往往冰消雪融於現實折中蜿蜒的第三條小徑。第X、第N種選項則像不宜公開的那味藥、那劑調料，等嚐在口裡，被事後告知了才能知道。

非此即彼，非此非彼。我們必須學會接受預料之外的可能。畢業即失業彷彿打天地之始，就是不爭的事實。而同儕間的推肘大法，《儒林外史》之後都寫得絮了，呈現疲態。

我在送嫁人群中一眼望見雅芙的學生季琳，如獲大赦，因她也是定海神針型的人兒。今日她短髮貼伏耳後頸下像小男生，特意淡妝過了，亮黃衣裙外披搭米白衫子，少見地著住高跟鞋長絲襪。她面龐清晳，正裝起來並不嫵媚，反而有種官仔骨骨的味道。

女生花嫁，心眼裡最要顯擺的是鮮衣華服，人水水拍一大疊照片，把小時曠日費時裝扮的娃娃自我化。至於嫁的對象具體是人形布景板或是胖虎，往往倒在其次。新郎乃在場的最大件配飾：俊朗一些的盡職增添光彩，一雙玉合子教人豔羨；略遜一籌的就做人體支架，也好讓拖紗踩高跟行走艱難的新娘有個現成的靠頭。

我長吁出一口氣，其實到了差不多儀式接近尾聲，我把那一嘟嚕一串跳加官的過場詞盡職盡責報出以後，才真正有心情細看當初他們隨信寄來的邀請卡和其他小物件之類。年輕人心思曲折，還興頭做了木刻套色印刷的兩人剪影。

熱氣騰騰一大些人推打排列著，合併同類項高低寬窄分批站位，總算互相妥協退讓，拍出了表情笑容嘴角弧度一致的造型，齊齊望向鏡頭，尚能聽辨出內中有喊茄子，有喊 cheese 的，華洋混雜喧喧嚷嚷，一時間焗成亂糟糟跨國大菜一鍋子。

大合照把面積年齡膚色性別妝容衣著幾項都跨度甚大的面孔好歹緊急集合在同一平面內。任是各自各獰笑閉目賣呆放空，一刻便成永恆，眾人都以相對一致的形式扁平存在。特供來日回味玩賞，非當事人亦扎扎實實參與見證過，這一場短暫又是花火燦爛之事。甚至它會延燒進未來長長鋪展開的生活途程裡面去，授人以權柄，提供了參考的樣本吧。

「才結婚兩週，戒指已有些小處磨損，生活就是如此。」

「房間空氣太乾燥，加濕器買了兩隻，我的是頭海豚，他的是無尾熊。可笑他自己裝不起來，還是我看了說明書一點點嘗試成功的。」

此為後話，新娘的網路日誌所載。寥寥數語，情景畢現。

話頭轉回現場，熱情參與的群眾其勢洶洶，反而一雙新人被孤立在前面，四周空疏無可依傍。為了眾星拱月之心不辜負，他倆深蹲姿、馬步半蹲都用上了，能屈能伸的修頎伉儷博得眾人齊聲由衷的喝采。他們頷首示意，笑得沉醉無比，不愧為本色出演的要角。

一雙鴛鴦，掠地高飛。兩個鷺鷥，池邊獨立。

愛侶愛到一個地步，便另覓安慰。

主持完畢，深宵失眠，我摸一冊本來不耐多讀的詩集催睡，好死不死，連帶抓出大學詩歌課的隨堂筆記，太久已失色。一行塗改修正得頗怪的註記提示說：服飾（胡適）《常識（嘗試）集》。記憶固塊猝然解凍，汩汩奔流。

開山第一錘吟唱曰：兩基房浮碟，霜霜灰桑田。今天我們來講服飾的新詩。

下午我睡過頭遲到，急忙趕到教室，在門口聽到這些符咒，一頭撞到門框上，發出震驚四座的巨大聲響。我差點以為走錯地方拜到邪神。

那是老師濃厚鄉音所致，創造出迥異的視聽語境，四五堂課過去，我們才稍微通曉他在寫啥講啥。

頭邊叮咚一響，郵件聲破夢而來。我打開一看，寄件人是雅芙，不怨不嘆祇有一行陳述句，通知意味更多：小普，我要離婚了。

禮成。

枯楊賦

老師在世的時候，如果正逢週末無事，或更長的假期，我也有時會去陪他吃吃飯聊聊天。名義上雖說是吃飯，實在以喝酒的時候居多。傍晚天色如酒，未飲先醉。老師大概是甚為篤信唐蘭他們老一代人的說法，痛飲酒，熟讀《離騷》，方可為真名士的自我期許，結果大半輩子都泡在了酒裡。雖然這些老學人書讀得也真是深，身體還是因此年久日衰。不過一代當瘋之際，他們中常有人會趁酒興正酣，在紅磚道寫下空心粉筆字：高誦楚辭，以酬（端）午日。而後三五立在旁側聚談，佯裝不相干，專為看往來路人對之稱奇。

他們一喝再喝，飲盡市面上買得到的、朋友學生互贈的猶嫌不過癮，索性自己泡茵陳酒、楊梅酒。暢飲以養其浩然之氣，他們不在乎肝臟要否返廠大修，對小毛病也能忽略就當沒事，簡直到了一死生的超脫達觀之境。這讓我輩後生要如何奮起直追。他們心懷的天真柔慈，不服老，樂滋滋想著未來如何，我輩小子驚歎不已。我們難道不是從青年時代起就維特成天不快樂，一心惦念要在某個整數的年歲告別所有人，及時早退。他們一心以為前路漫長，巴不得有三輩子給他們才好，那些讀書和著書立說的龐然野心就可一一實現。將心比心，我們要戴心臟起搏器才是。

我們的下酒菜菜色不拘，最常吃的是原配花生米，秋冬時佐以板栗，食指大動起來我便去巷口買回來滷蛋、豆芽、海帶絲（豬耳朵通常也會加上），夜半的餛飩和茶葉蛋……不一而足。最後一項基本出自我的臆想，除了前朝的懷舊散文裡，少數人帶過一筆，現代文明城市的夜宵裡早就不包括一副餛飩挑子了。那是素線白描的簡筆畫勉力拉扯住的歷史遺物罷了，不足為憑。雖仍得有一條夜街通宵達旦的清粥小菜好味不費，祇是老師年高，不宜風餐久飲。我們隔一大段才去打個牙祭。

喝酒之外，老師興致好的時候會打打太極。酒和拳看樣子是二位一體的，酒酣耳熱時活動筋骨，真會特別通體舒暢吧。老師不迷信養生之道那些眾說紛紜的矛盾修辭法，他相信的是書、酒和自己這三樣。

窗前樹上不知名鳥雀啁啾成一窩，夕暮向晚之中，老師懸腕書空。

窗外小半顆斜陽帶著水跡，淋漓揮落紙上。

遠方似有無限的海景和大玻璃窗一併隨之消沉下去，不復升起，奔流到海不復還，江山不可復識。

他筆下寫出的，是梁任公的句子呢，「世界無窮願無盡，海天寥廓立多時」。

我伸過頭去，顧了一顧，放縱評論道：「梁啟超這個人啊，言行著實是都很煩。詩嘛，還是不錯的。」

老師笑著白我一眼：「好大的口氣啊，我說，這回你小子又知道了？」

憶昔感懷，一帶帶的老眷村相繼改成了國宅，我的朋友們大都於父逝後把糟改後的非原生態家屋設法處理出清掉，自此方可狠心不顧不返。多留一點牽記，都是不夠與已為善。教改和都更，這膠結不已的兩大球惡瘤從未止息消歇過，時時發揮它們的魅力。老師不搬家，一住四十年，他說人在屋在，年紀大了滿屋的書就折騰不動。東西不如人，趁頭腦沒糊塗，四肢能活動，該捐的捐出去，能送的送掉，輕輕省省，種種花、喝喝酒過幾天太平日子吧。

如今是，據他說能不去想的事他就不去想，實在丟不開煩心，就用寫的，白紙黑字列下來，用紅筆畫掉，權當沒那回事就算過了。

他無師自通心理學的內心清淤法，通過形式上的撇除，消滅心魔陰霾，行之有效。寫下來有時是為了銘刻，有時則是為了挖除。

「我現在是像林語堂那段話，能躺著絕不坐著，能坐著絕不站著。讀書也是，能讀一句就不讀一段，能讀一段就不看整篇文章。落落長的那種，單看個起頭收尾就好，文章的中段難看的多的是，不是甚麼魚肚子都好吃。」

「放在早十年我看到這話，還罵說話的人懶骨頭，現在算是知道，千好萬好，都不如早點放過自己。人生貴適意。你不開心，做甚麼都沒意思，也甚麼都做不好。」

人老了小事情容易轉手即忘，他愛寫各種自我提醒的小字條貼在家裡：「瓦斯要關掉」，「別放貓出門」，「今天不開伙」。短句二三，饒有意趣。字寫得長長大大，老遠就看得到。我送了他一些N次貼，他連讚方便好用，祇是抱怨膠黏的部分一旦不慎沾到了灰，就會貼不牢掉下來，往往連字條和上面的內容一起丟失，花落人亡兩不知。

老師桌角擺著整套刀剪膠水，小學生手工課的武器全員齊備。電腦他偶爾用一用，也有存儲資料的磁碟。這些年來他維持著剪報的老習慣，貼來貼去集滿了若干大冊，按內容分門別類放好。副刊連載的一些文章，他有讀必剪，心情好了就說這些剪報冊子日後都送給我。我苦於無空間接收那麼多大本大冊，就說老人家啊，您先放著，將來給您建了特藏室，這些統通都擱進去，保證收得好好的，一頁紙也不會散掉。

他一想起來總是趕我去練字，故意糗我說，你那筆破字，要改掉，不然出去給人簽名、題詞，太難看，丟人，連我的人一起丟。我耍賴說，我要寫論文呀，忙起來都沒得睡，哪有多餘功夫練字，再說現在都打電腦了，手寫的機會不多，暴露的時候可以少一些。他鼻子裡哼一聲，表示不以為然：「字是門面。你人生得體面有甚麼用，提筆寫幾個字，全完了。有吃飯的時間，就有練字的時間，你啊，遁詞蒙我罷了。」我橫豎不咬鉤，他則不放棄，總想激將成功，讓我順從他心意把字寫好點。

寫毛筆字方面，我純粹是個拿不起的爛筆頭，不止自嘲謙虛，臨碑帖雖有幾分樣子，再把要求拉高，求個人風格那就求不來了。而老師一筆胡適體的好字，常讓他為之顧盼自喜。大部分愛寫字的人也愛送字，他是例外。友好誕辰節慶這樣的場合，他手寫八行箋道賀，不另附扇面條幅之類。有牽帶相識的人聞名求字，他也未必肯一時便寫，主要看氣順不順，人合不合眼緣。外面的人持金來拜，潤格再高他都是不理的。「我自己寫來高興的，弄成這樣就不好玩了。不好玩寫他做甚！」

老友幾位謀劃和他合開書畫展，被他一陣狂轟：「喂喂，你們幾個鬼聽著，要搞啥名堂，自己去搞，我買票捧場，但不要扯上我啦，我不想水鬼拖住腿。」蘭花喜鵲這種的，他能畫上幾筆，也就是不大認真的文人畫，情致大於畫功。至於題畫詩他是不寫的，理由氣壯山河，說出來卻笑壞人：「這畫本來就夠瞧的了，再寫幾句不明不白的上去，一整個沒法看了，寒磣。我又不是乾隆，不想拿詩當日記寫，記記雜賬，知道每天買了幾個錢小菜，月底有米下鍋就行了。」

老師性情耿介，他是綿裡針，大多數情況待人都挺和順。他半點不覺得狂狷可取。「那些架子都是擺出來的，年輕時裝裝可以，老了就正常點吧。你們年輕人染頭髮、彈吉他、騎機車，都是有個樣子的，我再去來這麼一下，晚節不保啊。人老更怕醜，我不想年紀一把了，還要搏人一笑，又搏得很辛苦。」

他的老朋友個個都不是吹的，性情裡有一股和他差相彷彿的倔強不俗，其中有一些也是我的師長，另一些聞名久矣，有的拜他所賜才得以親炙。他們是神奇老人團，麥田圈一樣需要和世人維持相對距離。我總是不敢上前太接近，生怕造次，冒犯到敬重的人。常常會在不經意間信心全失的我，其實很需要時時被他們仙氣的光波擊中。

早晨的黑牛奶我們喝它……某日起個絕早，策蘭的詩句讀得我頭痛跳針，心裡暗罵，那麼我們能不能不喝這鬼東西啊？我唯一一次喝所謂黑牛奶，是某年冬天在學校四面透風的地下室迷迷糊糊看有關蘭嶼飛魚季的紀錄片，中間睡過去好幾次。中場雅芙無聲從我身後掠過，拍我肩頭塞在我手裡一盒牛奶。光線黯淡中急於解口渴，我楔入飲管看都未多看一眼，三口兩口抽水機喝法消滅殆盡。由於那回放映室太冷，我太想睡，我對捕飛魚之事至今全無心得，僅存的兩個達悟詞彙是：飛魚季——alibangbang，anito——死去後鬼魂的眼睛。如此這般。但我記得黑牛奶，雅芙散場後問我那牛奶是否好喝時，我尷尬回憶瞬間飛馳的味覺，找出了一點黑米黑豆混合的馨香。因此我以為黑牛奶就是用黑色穀物豆類全給它雜糅進去，而炮製出來的這麼一種無可無不可的飲品。這個偏見在看到策蘭那句子時大反動出來，加重了對之的無上惡感。

黑牛奶果然來者不善。那日中午我接到老師不常有的嚴肅語氣電話，受他之託，帶一筐水梨去探視他的老同事。那位老太太頗有名望，為人獨立強幹，她的內外務都一人一手打理得精嚴如軍中。在老師收到的郵件裡面，我有幸參觀過她於國外居所裡戴起塑膠手套一絲不苟擦洗流理臺和水槽的日常家務照，不覺肅然起敬，那姿勢頗為專業。她的手套是最常見的那種，所佩戴的圍裙卻有細緻雅麗的櫻草花紋，米白底色泛起暗綠圖樣，淡淡和風。散放桌上的杯盤碗盞，觀其顏色式樣必也是經過精心挑選的。由此可知，老太太的犀利品味真如一柄扁鑽，從她的學術人生一直貫穿到日常起居，無可挑剔。後來人祇能甘拜下風。萬能女俠總歸是惹不起的，不管你妄想在哪一方面和她較量，都註定成為萬年輸家。

老太太的學術成就絕對不容小覷，從我們之上之下橫跨若干世代的人，多少都受惠於她的課堂講錄。即如詩詞歌賦經典悠長，你自幼成誦，成年復讀百遍，其義不見仍是不見。她講專書或節選某些篇章，拿醍醐灌頂形容的力度太輕，說是劈開聽者的天靈蓋也不為過。且她所授的主課是英詩莎劇一類，幾個關鍵詞串講勾連，句段的結構提領綱要，整首詩、整幕劇的風雨花香就充滿了室內，天人交會。不覺課時之長，祇覺聽之不足，聽過了還要再來聽過。據她的正牌學生，私交不錯的某女透露，旁聽生常多到險些侵佔正式生的位子，祇好加以適當人數控管。公開講座時，擠不進課室的癡心人躲在樓道遙遙相聞者有之。

老太太出席任何場合，無不儀態萬方，側翅若仙，圍巾披肩與外套長裙配搭得天衣無縫。之所以叫她老太太，套近乎的成分大，她絕對不是「十次車禍九次快，一次遇到老太太」的那般民間阿婆形象，那就全擰了。一個老梗，為何把皇上叫成老頭子，老太太之謂，同理可證。此為向天地立心，一元慎始（當面叫估計就不得善終了）的稱呼法。

她的大型公開課，我曾跟去湊熱鬧一次。求知若渴的我們如同一群等鳳凰降臨，期盼它帶來傳說中美味可口仙桃的引頸久待觀望人。幸運的我們啊，終了求仁得仁，不致失望（那個原本的故事裡，人們等到的是烏鴉，太糟糕了）。

那天降溫了，濕冷侵骨。鵠候的人們苦苦捱過冰窟時光。主角姍姍來遲，她因畏寒，罕有地穿著樣式素樸、並不出奇的灰鼠色的長棉服，會用鮮橘寶藍雙色格子的長羊絨圍巾調和出一抹虹彩感，把鼠灰的黯淡點亮擦燃。整個人的面貌身姿同其生動活潑了許多。亦為了抵償她略遲到的一小會功夫，老太太帶著三分抱歉，向久立等她的人群揮手致意。那一瞬我真心感覺，即使英國女王本人大駕光臨，怕也不能比她更神氣了。

老太太環視全場，筆直站立到講完將近兩小時的課為止。她不做連篇累牘的超容量投影片，事先有一小疊裝訂妥當的閱讀材料散給聽眾。如需要當場細解某些艱深詞句，她用馬克筆寫在普通影印紙上再投影出來。投影機一併把她手形輪廓投出一部分，枯瘦卻線條優美，右手小指指甲纖長。影印尚不通行的較早年月，老師們幾乎都有手刻蠟版印發講義試卷，也用打字機敲摩爾斯電碼樣自出 quiz 小型測試的題目。我想她做起這些來駕輕就熟。

十年前後，她行到更深遠一紀的耄耋之年，腳力不減，典禮上穿著鑲嵌皮毛邊緣的長外衣，氣度風華依然雍容。

也是老師講起的舊事，他承蒙老太太親自下廚做家常菜招待，其人明火執仗地翻炒蒜苗肉絲，氣勢磅礴。

老師將君子遠庖廚的古訓把來遮臉，極少自己動手下廚，幾乎不是外食，就是由住在附近的學生送知其脾胃的外帶來，也有家做的飯菜饗本師。其計得售，他更不須勞力為口忙。我們有位老同學大徹大悟，辭掉薪水不菲的正職去開了間便當店之後，老師就愈加樂得蹺腳等吃他最愛的肉食。

師母離開若許年了，家裡久久不點火炊爨一次。他便有太長時間不曾目擊做飯現場，突發一句詩人的深摯詠歎：「這火苗藍藍的，顏色真是好看。」我猜他或是想到了諸如蘭波「我雙手烤著生命之火取暖」這類繾綣的人生佳句。

老太太不含糊，她一反雅人常態把鍋鏟用力在鍋邊敲了幾下，轉過頭來，像看非我族類一樣盯著老師，半天迸出一句：「難道你沒有見過煤氣灶嗎？」老師冷汗涔涔，他褲袋裡的細麻紗手絹空有一身絕技，都不好意思掏出來。

以此前種種跡象而觀，我遵師命前往探視如此一位人物，心下惴惴不是作偽。我和老師問清醫院所在地，又央他畫了簡明路線圖並稍作解說，才敢放心開拔上路。

門外放著大束的鮮黃香水百合，香到尋常人聞之暈倒。我奇怪恁美的花何以像遭遇掃地出門，不插瓶供養就罷了，一捆菜待遇是在搞些啥麼鬼。

我探得病房號數，叩門求見。來應門的是位神清骨秀的中年美婦，她隨侍在側，老派地以保溫餐具攜來自己熬製的烏骨雞湯，筋骨之傷以此進補乃是上佳。女士眉間頗見憂色，她收下梨子頷首道謝，腦心通察覺我的疑慮，主動開口解釋說。那百合花是幾個門生合送的，不巧先生花粉症，聞不得這香花。

我說啊，瞭解，百合花粉多到一個程度，無風起都兀自撲撲簌簌，沒一會兒就噴嚏連連，祇得請到外頭去了。花好不宜人，遺憾遺憾。

我差點衝口說這是花粉襲人事件，想想與她們初見，不能落個口舌輕薄的不良之名，生生咽了回去，噎到半天才恢復常態。

美人簡潔描述給我病況，老太太獨自起夜，自恃地形熟悉遂未著燈，踩到落在地下一本書，絆倒俯摔在地。她掙扎起來，坐在椅上撥了電話給親近的學生，緊急送醫。檢查一過，頸子有些扭到，左側鎖骨輕微挫傷，無大礙。

老太太穿著一身藍白豎條病人衣，我僅見她雅麗正裝外的打扮，不由得凝神多注意了下。她手背膠布貼著針頭，在掛點滴，外在的衣裝設備之改變，哪裡能對她氣質撼動分毫。我所見的她，神完氣足，一點不像病患，表情不怒自威。我默想了半天就祇問得出一句，您現在可恢復些了嗎？老師請我問候您，要您保重，多多休養。他自己小感冒，說等痊可了就來探您。

精警目光穿透鏡片直視我，老太太惜字如金吐出懿旨般一個短句：謝謝你來看我，一切都還好。

送梨童子，我想此行我祇有這單一的行動元身分，此外無他。其後這竟也固定成為我一項職務，若不能叫做職志的話。老師傳回話來，說老太太甚愛此梨清甜，每年水果季就煩勞我再去奉上吧。三年五年，我都在相似的時節見老太太一次，知她不喜與外人多做無謂寒暄，梨到人遁，不失禮招呼過就轉頭離開。

老師過世後的某一年，我照例上門送梨。老太太少有地收起其酷，客氣請我到客廳落坐。她到書房去取了一本中等厚度的書來，娓娓與我細說從頭。

她說這書是本中譯英的唐宋詩文選，數年前籌劃時，攢了幾個人一起合作的集體項目。工作小組人員名單都擬定得八九不離十，萬事俱備祇待開筆，變故來了，資助人和主持者生了些私人嫌隙——這案子不是公部門的款項，經費講來講去就化沒了。原先的成員大家各有各忙，見事情不成，一個個死了心丟開手做別的去了。

「我氣不過，想莫非一沒錢就不做事了嗎？我們不能為了錢才做，事是事，錢是錢。想做的總歸要做，人家我勉強不來，但我偏要一個人給它做完，做到底印出來。本來說定要參與的人散夥了，祇有你老師惦記這個事，他國學底子好，我翻完一段甚麼就拿給他校正。兩人反覆傳遞譯稿，拚考試那樣用功。這樣差不多花了三五年，就編出一本東西來。」

老太太沉吟片刻，若有所思望著空氣裡某一個點，頓了頓說，送一本給你吧。言畢，她拔劍也似拔開墨水筆帽，唰唰唰寫將起來，交淺言不深，她並未問我名姓來題個上款，祇是將自己的中英文姓名，重重簽署在扉頁的右下角。

一日耽遊書肆的心癮不戒，一日就有新的機會。未久我半注目半疏懶之間，也有從幾間二手書店的清倉遷址的流徙大戰中，搶救到老師和她的另一兩種合作逸品。內裡有一本世界史簡編教材的題簽頁，已遭黑手無情扯下，應該經歷幾重轉贈，身世湮沒難考。

那是另一段故事了。

懷揣受贈之書坐上回家的公車，我心裡不得寧靖，信手胡翻了幾頁來看，沒有一個字產生意義，停下的那頁正好說：月湧大江流。

哎，他們著實是強悍一代男，驍勇一代女。這樣的一代人，我們壓根兒接不住他們傳來的木棒，他們衣履風流的時代，過去了也是人散後一鉤新月天如水。

青嫩一代如我的晚輩學生者，有些懵懂到居然不以為他們是今人，多半當他們早作古了，與己無涉。同世而異代，那遺憾的斷裂部分，就已非我輩之力堪為彌合了。那些風鈴樣子脆甜多汁的水梨們，猶成串清悅可聞地從季候的另一端歡快攢集著。

姑母的鏡子

家裡的故物有多少在搬燒流徙中不知所終，那也不用去多想了。母親說她記得原來差不多各有十幾隻，有青有白的薄胎酒盅兒，現今全力搜捕也一共祇有配不成套的零散五六個。我看到藍染的印花布，最直接印象總是逃難時一攫而去，承載了全部活命家當的包袱皮，不是甚麼太平年月的賞玩清麗小物。到我們出生時，流離不定的奔波生活已經停止，最多是當故事聽到的。家裡在一地長住有年，祇在我升高中那年搬遷過一次，且是相去不遠的兩處。也許我某根神經對動盪格外有感，切身的味道並不缺乏，聽了多少次就像跟從奔襲了多少次。

劫後殘存的一些老物件到了我們手裡都是日常器具，幼時擺桌扮家家酒的道具之屬。螺螄殼裡做道場，這殼子大有來頭倒被輕巧帶過，湮沒於頑童嬉鬧的不知愁中，並不刻意做甚麼了不得的寶貝供奉在神龕。

幼年的觀念落了印子打了底，以致我再見甚麼美物都不會動念到喪心失智的田地，既無收藏，更乏囤積的興趣熱情。好東西長年收妥在博物館美術館，想念的時候偶去一顧，心心念念照眼相見，足夠好了。家裡就算放著多寶格，到底不及場館的貯存保藏條件之周密完備。

有人送我很好的海泡石菸斗，我試過一兩次，覺得似也犯不上為此染了菸癮，就拿來放著了。大致過眼有印象的什錦雜收來自天涯海角，各路親朋友好之饋贈。父親轉手給我一枚熟糯田黃石的閒章，小小長條一塊很似入口即化的豌豆黃。其他計有貝殼雕（層層疊疊如蛋糕裙、甘藍葉）、手工皂（熟成在不同微妙時段，有的早就熟過頭不能用啦）、京扇子（美麗散漫不知所云，就集成了一小把七八柄之多）、小型木頭燈籠、跟原住民學做的手製皮具、瑞典國旗同色同圖案的小巧鑰匙扣（做成一隻夾腳拖鞋的樣式，國旗踩在腳下果真很好）、荷蘭旅遊紀念品木鞋（拆對丟掉了一隻）、IKEA仿古懷舊的偽造風燈（我一次都沒敢把來點過，任其生塵，怕蠟燭倒掉燒了一屋子的紙張書籍，火勢必不及撲滅）。天哪，怎麼還有一具異物，大陸動車組形態的微縮版電筒，一節列車橫亙那邊好不瘆人。

凡此種種，細數起來要列開箱清單的，我都是不大當真，扔進一個最接近地面的抽屜。小寶藏的成員們暗夜一定默默腹誹這不懂惜物的主人吧。零星故物積攢存念，人與物哪個長久一時不好研判，我盡責做個有聞必錄的人就好。

成年以後，我每看到文字影像裡碼頭送別、異鄉安家的情景段落，情緒的撕扯常會由此延伸到難以承受的程度。這時我的省悟才偏向人大於物的一方。

人都全鬚全尾聚在一堂，就像是劫後再度收集合攏的一套瓷娃娃，好難得衣色俱全，老少同樂。我家人丁不旺，卻也經歷過幾度分分合合，少少人之間那原本未必見得多親厚的聯繫，反而由此得到了一定的加固和增進。父母親兄弟姊妹亦少，我祇有一位舅父、一位姑母。父母都是年齡較小的那方，成長的年月裡算得到兄姊的庇護，很幸運了。姑母與鏡子的故事聽多幾次，亦成陳跡。然而她年事已高，久居國外，我們並不常見，一期一會都越發不好踐約。趁她人健康在，我記得較齊全，不足的細節還有機會向本尊求證補訂一番，務求翔實。

——那一年山上的萬聖節像是來得格外晚，讓人起疑它為何卡在路半，是否永遠不會到達了。日曆上有沒有跳漏錯印過這個日子，還是它開始在人們的心中淡出，逐漸變得不那麼重要。不管怎講，在此前三四天裡，逸錦都求一切如常，按照平緩的生活節律準備著簡單節日裝飾和飯食。即使祇是一個人過節，也要像模像樣，不能怠慢。窗前竄過鄰居家的黑白花貓，優雅豐足。夜色裡白尾尖一閃，倒把逸錦眸子裡的睡意掃除了大半。終於到了萬聖前夜，也聽得見外頭小孩子們提著雕作鬼臉模樣的南瓜燈，奔跑嬉鬧，一串串稚氣柔嫩的英文落在耳膜上好舒服。可惜這次不能開門叫他們進來，給他們糖了，儘管心裡還是很想這麼做的。但這個晚上她要完完全全祇留給自己，確切地說是留給她和已離她而去五年的伴侶，清運。而且她也終於有空好好從頭到尾想想過去曾經屬於他們共同的幾十年，前言和去語字字句句不落別處。

壁爐有火，嗶剝跳閃。想當年多早就因這一點古雅設置看中這庭院，而後如何一手一腳積攢到可以將其擁為己有，又費了多少心血功夫打理得勻整停當。都是祇有其屋其主，三心所知之事。有很多事隨手做來不經意，其後倒像是無心成就鑄造了鐵律，且是可供人仰天瞻望的金石銘文。惟其不可再復刻一次，連親歷的人自己都沒法重披舊衣，再做回昔年一雙。逸錦不是事事精明透徹到先有充分考量計算的個性，大關節上她一向是低著頭半順半扛，心懸起，膽子絕沒落下。沒甚麼人想和自己過不去把受過的艱辛再嚐一回苦，可總得知道當初的由頭，不然就是白白遭戲弄的。這點上，吃苦當吃補的過期安慰劑失效得很慘。逸錦想不到的最大件事非別的，而是縱無子嗣要撫養拉扯帶大，她依然須要有承認到了祖母的年紀，也會在爐火前搖椅上一心一意結絨線忖度想不完的心事，就像幼時從故事書裡讀到的那些老婦人。

清運在時，師母是個模糊掉化了若干項個人具體屬性的稱呼，老師的附屬品，抽象符號，配合起舞為成全另一存在衍生而出的存在。她因他而樂於領受下來，哀樂毀譽都有分擔。年歲妝容職業愛好，身為師母，都不會特別被單獨關注到每一項，她在這名號身分下匿躲得足夠心安理得，保有了神祕不為人知的若干小自由。師丈或者較之師母是更不易教人注意的一個稱號，應卯之意愈加濃鬱。

實驗室眾學生幫清運慶生，逸錦開心陪同，兩人一塊兒切蛋糕吹蠟燭，在場的人都吃得一臉滿足貌。大家舉著或有或無蛋糕的碟子，帶著嘴角邊的奶油愉快合了影。他們逢五逢十的結婚紀念日，也是清運的同事學生熱心張羅得起勁，尤是三十五年那一次，還借用了學校小禮堂來辦了個同樂會，歡歡鬧鬧中眾人湊起杯子喝了紅酒。那天清運難得大醉一回，趴在桌邊呼呼大睡不曉事。幾個人七手八腳把他攙扶著架回了家。瑣瑣細細的，想起來都暖心不已。不過真正經歷的當時，逸錦卻是一再克服社交障礙，裝扮起一張盡量得宜的面龐，在與並不真正熟稔的人們小心應對著。畢竟那些牽繫都是清運的社會關係，她敏感，常常不自覺企後一步謹慎張看著，測瓦斯濃度的金絲雀般極力維持靜定，告誡自己千萬不能失態昏倒。

況且站在身高將近一頭之差的清運身旁，小大之辨的客觀比較下，她目光免不了有幾分閃躲疑懼的意味，很像藏到樹下躲雨或是靠牢一根電桿木。清運總是不當這是一回事地祇管溫厚笑著，伸長胳臂來攬住她的肩頭，沉沉堅實，確定的分量讓她略覺安心了一些，腿腳才不感那麼僵直了。太善於忽然跳離自身，用旁觀者的角度苛刻打量回來，逸錦頗受此過度自檢之苦。興許是小時雖寬鬆但也相對嚴格的好教養，教她不自覺收斂起性情裡頭那些邊邊角角的溢出部分，太希求成為光潔無疵的那一尊白瓷觀音。久之吃力維持亦變成了她的慣性，在輕微不適中反而以之為常態，也就接受了那個修飾過的非本真自我，雖累猶榮。

清運大而化之的個性對她著實是個拯救，每每她覺溺水到近滅頂，淹至口鼻時手邊總抓得到浮木。他愛說，免驚免驚，拍拍她面頰頭頂權作收驚。許是逸錦體質輕，某年假期他們同往香港遊玩，遠遠近近連去了離島。有幾天是住新界的旅店，她頭一晚就失眠，且夜裡覺有生人停滯床頭徘徊不去。輾轉反側雙面煎餅無法睡，忍無可忍她怒起扭亮床頭燈枯坐一旁，感到眼窩眼眸失水焦躁的乾澀無力。旁側但見清運俯身下趴，頭髮濃密的一顆沉睡之顱深埋寬大枕中，半點不見有要醒轉的意思，回聲時起打著香甜的小鼾。他白天走得腳軟，一雙嶄新的運動鞋不幸沾到泥漿浸濕，撐到回住地簡單處理，待得洗晾完畢人已力竭，一分鐘內頭碰到被枕就立遭攝魂尋夢去也。

感覺不及此的人，白日再與他講起，也是鴨子聽雷，有聽沒有懂的結局。逸錦堅持說要換一家住，清運不解，細問起原由。他雖覺這是出於憂懼的想像成分居多，還是從之如流，去樓下菸雜店請教鄰人附近哪裡有其他家好住。不料老伯一聽便大為訝異，連呼你太太好犀利，這一帶隔一條街過去，早先真個做過殯儀館，後來不知何故倒掉了。這邊的房子煞氣陰氣都重，港人好風水，地價因此受限升不上去。既是體質通靈到睡不好，那就勉強不得，換地方也是應當。不過其他家住宿資費都肯定高些，離開這一區行遠，才會再尋得到合宜住家。清運同吃一驚，回來說與逸錦聽。逸錦正低頭打行李，抬頭遞他一個情緒複雜的笑，一夜睡得亂七八糟，她極為乏力。

清運釋然。他想到從前愛去逛買的一間老牌書店關張以後，門面敗落，原貌不能辨認。及至牌子撤走，其他牆壁裝飾一應都揭掉挖去，這才暴露出內層牆體上的字樣：它的前身乃是一座冰宮。墳地改菜園子之事固然常有，再建給人居停之地欠妥，卻也不得不然，眼下他們遷走便是上計。眼見為實，自此他信服了逸錦的感應力。

親疏遠近一圈子之人裡頭，當屬自家老父最為疼惜她，了解女兒脾氣秉性。他後悔自責的唯一一點是她少女時期身輕骨弱，三天兩頭大小病不斷，纏綿病榻與藥為伴。是以雖有機緣，也很難帶她長途遠行——他為女兒的身體甚至放棄過往外洋長居工作的可能，就是顧及所赴之地若非終日雨雪霏霏，連月不開，便是陰濕苦寒，令人易感。此兩端女兒身心恐都難以負荷。好物不堅牢，好人兒危脆，他既對女兒比對兒子偏心，是放進眼睛裡也不覺疼的喜愛，對此分外暗暗憂心，祇祈願她周全平安長大。逸錦不負父親之望出落得聰穎清秀，老懷大慰之餘，父親的牽記仍與日俱增地深重下去。到了送女兒出外遠行的分離時刻，老父私人一腔老淚都忍住了不事聲張，心下早就盤算好要送女兒一件呱呱叫的隨身禮物。他在自己的多年寶貝收藏裡翻來覆去篩選尋思著，掂掂這件，拈拈那件，總是默默拿起了又放下去。讀書人的小愛好，不外乎三不五時收些小件文玩。資財空間都是手頭眼前心知的，買豁邊了家裡人要嘮叨。老父的字畫、瓷器、舊家具等什物，總數量不多，樣樣卻都有一小些，自認是得意稀有品。譬如說點翠的頭飾，他正好有那麼說多不多說少不少兩三對，本來做念想兼送女生，這都是頗美麗貴重的物件。但他扭捏了半天，不好意思拿出來，怕女兒笑話俗氣不肯收。逸錦幾乎不戴配飾之類的小東西，嫌棄欠大方。老父危顫之心搖了一晃，最終決定保存老面皮，自個藏拙罷咧。這一方案不靈，他獨坐良久足有一盅茶功夫，一拍腦門自覺天不亡我，好主意和好物事齊齊湧心塞眼自找他來也。老父簡直快幸福笑倒。

是這樣的，他癡駭氣最盛的那幾年，無心多讀書，都耽玩在器物和舊版本淘收上面。因讀古書常見鏡子相關故事說部，對唐朝銅鏡格外好奇，市面上遇見時，就見獵心喜入手了一些。銅鏡質堅，落地跌不爛，吃力反折出昏然的模糊人影，贏得他難描難說的好感。老父想，這禮物再好都沒有了，來自過去指向未來，不易損壞，又是有來歷的。逸錦隨清運遠引的妝奩中，就加上了這樣一面收在錦匣中的鏡子。乍見此物時不禁噗嗤笑到失聲，顯見心內她好玩之意多過認真對待，古物在她不是必然希罕的，父親的苦心則歷歷可見，除了笑盈盈將其納入行囊，她想不出別的做法賴以兩全。行裝裡頭多個小物件，怎麼也都還負荷得起呢。

古鏡新記由此開啟它的一段好航程，走到前所未有的天涯道路上去了。去國多年，它意外成為了逸錦與故國老家之間最有實感的信物。她手握銅鏡時，就自覺還是膽瓶上一枝素梅，沒有遠隔重洋望不見長安的失落感。離人苦證不曾離開的方式千萬種，此為其間小技耳。有人不怕繁瑣，始終要裝一面國旗帶著，那國族切切、熱血不滅的意味賁張不已。清運逸錦都是生性淡漠於政治之人，因而有這樣的抉擇，心魂相守就印證在這鏡面上罷。

老父不解的是女兒何以要跟一個人去老遠的地方種地。士農工商各有分工，到了現代怎麼又繞回去了。逸錦解釋說農學不是種地，或者說是用現代科學來更好地種地。老父聽來聽去都覺得沒差，橫豎都是種地。女兒自己選的人，他身為開明父親，必不欲加以干涉阻撓，祇希望女兒女婿隨緣好好一起，免他遙遙牽掛才是正經。逸錦自己主修的是營養學。老父更加不明，吃飯就是吃飯，弄那麼複雜維生素ABCDE配來混去做啥。女兒有興趣的事就是好事。老骨頭一把很多新事情趕不到一一都學過來，年輕人既有膽識去做，那就跟住好好支持便了。等清運得了幾個農學獎，老父也志得意滿暗度，種地種出點名堂來還真是不壞呢。

初識時清運高大寡言，可能還有點害羞，但他並不木訥，是在人群中靜靜聆聽的觀察者。逸錦那時話講得更少，他們共同的朋友那天中途接到電話要去處理急事，把他倆單獨丟下兩三個小時。兩人相對無言的時間倒有一大半，彼此又覺得這種沉默並不尷尬難耐，卻像是自然相處之道。逸錦約略直覺這個人是和她的未來要發生連結，她不急於確認這感覺，也不打算言行上有所表示甚麼，就淡靜如故，當是多認識了一個朋友。而後清運不聲不響偶爾會來看她，兩人可談之資似乎也漸次膨發起來。留學生時期大家都吃得清簡，清運偷用實驗室的酒精爐煮過泡麵帶給她，打開鍋子時她微微吃驚，不動聲色地吃掉了小半。清運說，生物系的人帶個兔子豚鼠回來打牙祭也是常有的事，自然是沒有注射過甚麼險惡藥物的實驗動物，才敢拿來下鍋，一轉眼變了經濟動物。大家苦中作樂，一向都對這種來路很明的肉食吃得很歡。

人生一世，草木一秋。從嘗試侍弄各種作物到有了他們自己的農場，都不像經過了十幾二十年。逸錦就祇要管自己的研究和兩人結構簡單的家，農場上的事她一竅不通。那些一概是清運帶領工人們在顧。因此後來她一個人勤學好問，費了很大勁想要弄明白日常事務的運作，與之的脫節程度依然非一日可補全，還是必須再請專人來幫忙處理。曾有一張單人照片中，農場上荒草沒脛，野鳥亂飛，她站在草叢中不疾不徐笑著，頭髮讓風撩亂揚起毛蓬蓬的。她笑容裡沒有一點陰霾和困苦，一清如水怎看都是少女神情。手指上有個小物於風中自在生光，照片裡看不真切具體的圖紋花飾，似個指環樣子。

壁爐裡的火苗又跳高了一兩吋，逸錦撫弄著膝上的舊外套，眼睛開始迷離，腿腳也坐得痠麻起來。清運穿得儉省，每一件衣服都不忍太短時間就丟棄，是以肘部磨損得厲害，密密縫起一圈圈線綴的大塊補丁，似漣漪，如箭靶。幾十年風水輪流轉，不好講指針停在哪區。現在年輕人的新衣，包括毛料西裝都是手肘處預先釘下了皮革製的橢圓補丁，反以之為時尚。石青色的外套，彌散出一陣久壓箱底的濃郁樟腦氣味，口袋裡滑出一樣東西跌落在地板上，滾了一滾停住了。

逸錦起身，架牢鼻梁上的老花鏡，彎腰俯身去撿拾，小物合在手心有金屬涼涼的溫感。她眯起眼睛打量著它，啊原來失蹤已久的你在這裡。果然物如其人，不善揚聲。那是一枚壓彎有點變形了的銀頂針，微時兩清貧，清運將之充作訂婚戒指送給她，說是母親留下的老物。以後雜物眾多，她縱使清晰記得自己把它珍重收在一個暗紫六角絲絨面小盒裡，連那盒子一併不知去向了。

那麼五年前的涼薄秋晨，銀頂針藏在石青外套口袋裡。書房桌燈大開著，清運趴伏桌上，已再聽不到她的呼喚。他走得安詳而突然，科學家敬業的離開方式。想到當時這裝扮的戒子是陪他留下過最後的體溫，逸錦忽覺得到了莫大的安慰。窗外萬聖節的歡樂喧鬧達到一個高峰，聲浪穿窗入耳。頂針的橢圓形與珍藏多年的老父銅鏡，在逸錦好容易重新對焦的視線裡，也交匯成了同心的疊影。

於是我寫下姑母和她鏡子的故事。

與過去的完好自我或惋惜未能成為的那個理想中的自己猝然相逢，想來都不是甚麼太愉快的事情。

輝彥

跌碎過再黏合過的個體，待得行動如常了，亦是處處裂痕，禁不起騰挪。

中年相遇是默不作聲的街頭借火。問到年紀，他少我一旬還多些，說話行事卻風霜意味深重，不是怯生生的新手嫩腳色。

初見時我遭蒙蔽。他仿生學運用得出神入化，偽裝成不開口的蚌族，含沙於心自礪其志。後來我漸漸看分明，那出自一種深思熟慮的擬態，多半是沒在想事的放空假象。

等到我們熟起來了，就能發現他其實口舌不拘得很，瘋勁上來會自我剖白說：喏，打個比方，假設吃晚餐，桌上有一鍋湯，祇有你動念想喝，才會去問油膩重不重，裡面放了些甚麼料對不對？要是根本沒打算喝，那就一門心思去切牛排嚼沙拉，半點都留意不到還有這麼一鍋，對不起說泔水太過分了，就當刷鍋水吧——似的液體存在。

——沒想到啊，連你也被我騙過啦，哈哈哈，確實，不太近的人大都誤以為我性格內斂沉穩。可那祇是我真正感興趣的人事太少，懶得講那些沒用的，減少語言污染吧。他意味深長望著我，滿面得色難抑。

經他一番開示，我方才了然，原來對非目標對象，全無要求，祇因沒在射程之內。最常講的生意經一句，褒貶是買主？

我們掂量他人斤兩的眼光何其勢利，身為握持屠刀的人時不自知。魚肉理當比刀俎具警醒，沒生腳，逃不得。

我們很制式地相識，應酬場合，交換名片，一手接一手丟。劈手接下那精緻紙卡，收進錢夾前，我嗜字病發，斜瞄一眼，工整而老派的名字，輝彥，與其人稍顯佻達的衣著不大搭。姓麼，大致不出百家姓前十名以內，是個大姓，至於張王李趙，我懶得多看多記，多一事不如少一事。我才不是會主動聯絡的人吶。

我精準控制聯繫的頻率，斟酌字句，粉筆線外宕開一段不即不離君子之交，十中擇其三四，要言不煩淡然回覆過幾次電郵，禮貌問候答疑解惑為主。工商服務時間到，隔空傳遞一粒標準形制檸檬黃笑臉。

他則把天南地北，但凡能想到的都扯上一些，散鎗打鳥混元手。看似漫不經心之中，多半懷抱著歪打正著的僥倖。他時有試探之意，卻欲語遲，不到撩撥的程度，信末殷勤重寄詞，盼我回函。

次數一多，我便感情況有異，遂果斷決定和平演變，同他握手言和，有了剖腹來相見的最佳契機。

我在推諉和坦誠之間想破頭，終竟卡出一個自以為平衡兩端的頻道來要他放寬——和你無關，和我亦無關，與性別性向階級膚色國族年齡信仰……這些指數一概無關。我祇是難以與任何自身以外的他人互利共生。

你問我是否罹患親密關係恐懼症，不是的，那個多麼小兒科，怕風怕雨怕落葉砸頭。

我想我黃巾紅巾戴得太多，三反五反，一來二去，反到凡是能呼吸的都不能放在身旁，自己也差點窒息，一口氣上不來快厥過去。怎麼說，不是有個學刊叫做《疆界》

嗎？好籬笆出好鄰居嘛。我為了手植的那屏籬笆長保萬年青，寧可不要好厝邊。你的明白？生活起居的話，方圓十里之內，務必清場，最好一個活口也不要教我見到。現代人最愛嚷嚷需要個人空間，我是需求量比常人大，八缸敞篷費油型。

下流社會、無緣社會，東亞一切跟著扶桑跑，同不同病都要相愛，苦苦單戀發花癡，模仿到連感覺結構都別人生病我呻吟。如此看來，我得了時代風氣之先呢，**avant-garde**。

易感人群對病原體的癡迷不已。說到此節，仍要數無產階級農民說書人從前的小令兒寫得好：模範不模範，從西向東看。西頭吃烙餅，東頭喝稀飯。有樣學樣可惜沒學像，等級次第分明階梯參差不齊。

情感交流的機制，身處局中，永有死角是肅清不到的。那約莫也是自縱的保留地，任其生發滋長，不著意加收管。

輝彥乃商場中人。我們的生活世界隔山隔水，幾近胡漢不兩立。之所以還會照面結識，無非各自命苦，被甚麼推不掉的人情牽引去充個門面。彼此高來高去，高帽戴過好幾個回合。補償是得頓大餐可吃，我深信虛偽敬酒祇是因不好快意潑酒，緩衝墊步之意。

一開始無心插柳，竟至漸聊漸深。我對他始終有不明歉意，類似於我不殺伯樵，伯樵因我而死的冤孽緣法。我何德何能，純屬連累無辜陷害忠良。他聞此大笑，說你別太抬舉，我要折壽的，是奸良啊，不是忠良。天使的語言一音之轉，墮落為妖魅的交流。

在我抽乾護城河水，收扯回吊橋，預備好做個自噬的德古拉，殘生虛度寄情於故紙堆的關口，他出現了。正值我心灰意懶，不想再墾殖新土時，有一人躡手躡腳貼壁潛行而入，成就我另一段人生岔路，沒到傷筋動骨那步田地。他是特殊人物，共時分布在幾個人物門類裡面，我一下分割不斷，遂時時為其掣肘。

曾幾何時，少年得志，我們都做過傲氣的七彩小紙人，為撐場刻意造作十分，將背膠塗抹太厚重，沒邁開步，足下就遲滯不已，左腳絆右腳，摔得好狠。

我們時時羨慕木牛流馬似的靈巧人兒，矯健足蹄行走世間，腳不沾地，滑不留手。一尾狡黠鰻鱺，大口一張，潛水蛙人亦要為之色變。

夜半繪，天明面皮人臉二合而一，何必擔心長不成一體，物質接觸假以時日，分子遲早互滲。可天寶末年時世妝便不作興，你青天白日不好跑上街嚇人的，畫得收斂點，不打眼。

心如工畫師，不外運筆如刀。不是說叫你學秋海棠劃花了臉自毀其容，而是穩準狠。

我的心曲和道理輝彥聽不懂，多半也不想去懂。他老實截取一節過往的陳年血淚史來自陳。

對方是讀藝術史的男生，和我同代。唯一保存下來的貼相是甚麼同學會合影。懷舊年代風習，大家都架寬大鏡框，一群四眼田雞醜醜笨笨不分伯仲，背景建築磚石紅橙橘一系光譜暖洋洋。他有本事憑瘦窄小臉拔萃而出，愣是比其他人都俊秀好幾分。一個人俏立當地，將畫面的色彩對比度調校，轉為月光皎皎的清亮。輝彥從其人處半聽半不聽，參透了簡明元代繪畫史。

MSN小綠人古早時代，對方夜半上線，新改一句簽名張掛出來曰：水來我在冰雪中等你，火來，吾們一起吃燒肉。

小綠人隨即捧起紅槓圓白的禁止標識，表示：我忙翻了，少來亂。

男生其時待在英國，輝彥往返香港英國之間做商務。對方說好說歹不肯就近在國外會面，推辭理由是兩人時間湊泊不起，堅持說年底上海見，他那時會回家小住個十天半月，輝彥可投奔他處。

你來吧，我等你。那人丟下一句話，彩色轉灰白開玩大失蹤。

他握住這微弱燭火，心存僥倖希望對方誠不我欺，所言的時間地點都做數。

漫天飛雪的耶誕節前夜之前一日，他從英國飛到上海，依循說的街道指定的廣場，然而對方沒有出現。

人在浦東機場他才反應過來，他沒有對方的聯絡號碼，公司地址、住家何在一概不知，所恃者唯口頭約定的時間地點。

他煩躁打開通訊軟體，試圖抓到一絲微弱線索。一如所料，沒人出現在上面，死寂一片。

怎麼可能，騙鬼的話，他信以為真。苦果自吞吧，別無他法。不是胳膊打折了藏進袖子裡，他嚴重程度到了羞憤搥地，想自斬一臂，揚手扔得遠遠，以示斷絕，永不再犯。

要是他搞一票大的，譬如跳黃浦江，對方會被激出來嗎？頹坐在某咖啡館要一杯熱拿鐵暖身，他失心瘋般咬牙切齒想著。

算了吧，自創了狗血場景，足以整體降格為三流城市言情片，賠上自尊心外加性命，那又何苦。

況且外白渡橋兜一圈，看多死樣活氣的往來行人，包你連投水都意興索然。城市無故事，貞烈比濃妝更可笑，時世艱難人人自危，誰要再來觸霉頭看苦旦。自戕犯忌不堪入目，血氣腥腥的不祥。人消隕，一隻蟻。

言之鑿鑿，點指賊賊。一欺之中你怎去躲？

勉強返港時他人廢掉了一多半，軟腳蝦半爬行到住處，元氣大傷。

癡漢等丫頭，向來不平等條約，引頸就戮的事體，行之無益。我尋思道。

講真，那人手法不算高明，至多女孩子愛玩的翻花繩，又叫翻線絞，錯過某一兩條線，手指扣搭不上，即形態垮塌，無法翻成預設的形狀。手腕扭動的角度頻率，手指之間的配合動作皆講究嫻熟，三下五除二翻飛出立體圖式，方是高端玩家。因小時陪雅芙玩過這遊戲，我熟悉此道。所賴我手指旋轉靈活，指導過她如何翻出漂亮的繩樣。手指頭弄鬼轉來轉去就那一根繩，玩不出甚麼大花頭的。

我的限度是允許別人最多騙我一次。我並非兼容並包之人，為免碰壁在能掉轉車頭的餘裕就早早撤退。中年耗弱，氣血不足，我不能一病不起，得留下這條命苟活，完成身上大任。盲人瞎馬，宅化深深就要腐草為螢，或更可能地，反向從人形化作一具腐屍。無鈴聲之亂耳，無檔案之勞形該多好。鼠標手，網球肘，鴨行鵝步拖拖走。我終日彈 keyboard 敲打論文，感覺良好設定自己是首席樂手。

輝彥業餘喜好手作，下了重本發誓要搜羅目之所及的心水和紙，以供其成就掌上珍奇，摺疊有層次感的花卉昆蟲鳥類，立體的盒袋之流，也有能自由收合黏貼在牆上的簡易花瓶。

他記得的傳統手法不老少，亦開發研製新物件。

我有空便慫恿他早些退休，拿一份安閒終老的薪資，把餘光預熱投給手繪外加編寫一冊折紙大全，定可橫空出世，睥睨絕大多數的同類書籍。

他聽了心下雖得意暗爽，為跟我別苗頭仍要繃著，存心唱反調哀哀叫說：晚了晚了，你倒是頭幾年來點化我啊。早知道有這份心思才能，我當初還念書找工幹麼，背個筐子，裝上那點子家當，快快活活走江湖去做個民間手藝人豈不最好？

哼，誰教你捨不下凡塵俗世，自然就做不好清淨營生啊。我心想，忍口不提。

諧音雙關的噴，pun，玩到疲，玩到噴。

His sin is red, but his book was read. 前半句贈予他，後半句我自留。

荒唐的大荒之世，除了海底光纜不情願維持真實性，斷線就通訊大癱瘓，還有甚麼是不可通假的，打通了就自動貶價，贗品生成器。

他自取新號曰司徒（私屠？）art，賜我的是 Gucci 潤一郎。

去國公幹一段時日，輝彥腸胃不諧，自從狂啖一頓生牛肉以後，動輒動物蛋白過敏，因此不敢恣意亂吃，少進水米。幾個月下來，人幾乎瘦成阿飄，一縷輕煙，白衣白褲都不能視覺錯誤把他身形拉寬一點。再見之時我駭了一跳，說你這樣下去不行的，人都垮掉了，要養胃，多吃點扎實的，養養胖。

我才不要發胖咧，給人殺來吃嗎？他嘴角下撇，擠出一個苦笑來。

我們去打球吧。我窮極無聊惡意提議道。他當了真，我們約在某公園側畔的小籃球場。那裡有公車站直達，少有人至。不選國中國小操場，是覺兩個前中年後中年人在那邊戲耍如格列佛誤闖小人國，比例尺失調不成比例，沒皮沒臉的。

大學體育，我的噩夢，發著燒測驗三步上籃，手腳永遠配合不善，缺一個螺絲旋不緊骨碌碌盲轉若陀螺。身後傳揚起體育老師怒責之聲，一下下敲擊太陽穴，反震得腦仁生疼，抵及腦髓。

腳下綿軟，踩住的是荷塘裡泥濘，一印比一印下陷得深，拔不出足踝。雙腿酸脹像兩捆糖醋麵條。

不可採蓮，冒失採蓮將受懲戒。涉江即涉險，違者永睡蓮藕之下，口鼻淤塞神志盡失。遠道所思不得協助銷贓。

飄升天際的籃球空心失重，掙開指掌如自塘中冉冉生出的巨大水泡，砸在頭上無有痛覺，輕柔如拂塵羽毛款擺而過。破蛋難測的禽鳥或爬行類之卵，預想裡蜥蜴環眼圓睜與人對峙，兩不利又不捨先行示弱敗走，僵持以至於眼下皮膚牽跳面部肌肉一併痙攣不止。

大雨滂沱，我們掙扎涉水而過，看公園對街院子裡的那條溪水暴漲，一夕翻捲起泥污濁浪。

他緩緩發話曰：我學上得少，最羨慕會念書的人。商專輟學那年，我跑到這裡，總覺得這是可望不可即的。

——你傻啊，這裡有甚麼好的。它可不是廣告詞裡吹噓的那樣，世界的中心。它就是城市邊陲一座修道院罷了。裡面的人自顧自在各人的帳子中打坐禪修，不想看到別人的臉。

不信你看，最有名望的人身後就下葬在這裡罷了。我們叫醒他起來和我們一塊兒打籃球吧。

——祇要你叫得動，那就叫啊！雨這呢大，睡在這裡很冷的，花、酒，花酒，都不頂用。

——最厲害的都這樣，你說其他人還能再有些甚麼指望呢？展覽館裡我看得好仔細。他用過的西裝革履袖扣鋼筆皮箱，都是矜貴之物，樣樣完好無損。唯獨人不在了。

書房的藏書不能拍照，但好大一套「臺灣叢書」占了整整一個架子喔。

——對了，你會唱《蘭花草》嗎？

——一點點。不如我們來唱《努力歌》好了。

做了過河卒子，祇能拚命向前。

Extra：狸奴嬌

「若我們不想跌入再現，斷片化是不可或缺的。兩個人對峙，你眼望我眼。兩隻貓互相吸引……」

——羅貝爾．布烈松《電影書寫札記》

碧眼

那夜，我倚窗最後所見，是碧眼的尾尖，一抹雪光閃掠墨濃裡，攝星花之一瞬，旋即止息，一如從不曾於此世間存在。星圖西傾，我仍未候到羅生，仰首流芒若冷淚。嫣紫襯絨旗袍瑟瑟單薄，我祇得將純黑開司米披肩裹緊，絲襪伶仃的腿腳化作纖細冰條。未熟習高跟鞋的腳，痛而疲，彷彿人魚初登岸。「她的金鞋子裡面淌血了。」

夜遊的鳥如是吟唱。祇帶了很少衣物、紙筆，姜白石詞集。新文學書太多了，帶不走。腕上環一隻娘給我的玉鐲。碧眼自然也是不能隨我身的，且自放牠一條生路，隨緣好去。

我要和羅生一起失蹤，荒天赤地，總尋得到一個浮島，屬於我們的。山明水遠，而我們偕行。這會是一處非南非北的所在罷。十一月頭的夜半，很有些寒涼，我漸覺不支。天快放光。羅生未來。團團梧桐影。天濘似潛惡蛟。我不能離開，卻不敢再等下去。驀地一隻手從後面搭上我的肩：「水音！」我驚跳回首，喜融成懼：是哥哥。就此被押送回去，溫度忽高忽低臥床一週。食水少進。羅生亦未來探我。其後，我們舉家遷回蘇州。假期結束。無數個凌晨我自惡魘冷汗中掙醒過來，眼前浮起的總是彼地那座古老北方之城：城中四合院軒敞，日光灑金，白牽牛嬌柔噙露莞爾。昨日亂山昏，來時衣上雲。碧眼出走後，一切都不對了。

橋背

夢入江南煙水路。尚不知有葳，無論蕤的渾沌年代。我終於尋摸到巧緻水城內，水音的居處。庭院深深。隔帘花影動。我躲在拐角，還辨得清：劉海覆額，酒靨深長，仰臉而笑的神態猶似少女。她蹲坐院中蒔弄花草，身畔躍動著白衣雙辮的小女孩，就是葳了。胖大橘背貓好眠正酣。一別五年，水音已為人母。葳尚有一式一樣的雙生姊妹：蕤。微縮兩朵，年幼的水音。我如何能向她啟齒言明，當年我未踐約的那個長恨之夜，其實是為了捉拿碧眼。牠不避人，素日昵我較水音更親三分，此夕卻發瘋般奔逃。牠若跑丟，水音一定傷心死。最終碧眼逃掉了，或許去投奔情人。而我們未能。此後我接急調令，去往報館斜僻分處駐守，苦修如僧。斷無消息石榴紅。聽聞水音嫁得並不順意。彼男子研習工程，性情孤僻，常待德國，似有若無。房中壁上唯一懸的相，有她無他，新娘裝，手捧馬蹄蓮束，滿面沉靜倔強。未幾，便有白菊恆來環拱她。無以複寫的往昔，她遂成不散的一縷香。自此我定居南地，教書維生，接管了葳和蕤，連同橘背。失掉了她，就要好好護惜她們。意外的遺澤啊，難以生受而深入骨髓。餘生繫乎此。

碧眼和橘背，都是白腹貓。

跋

往世書：傳鐘

金縷鞋兀自泊在玄關
中庭葉一般地泊着
倘無一次遙至星際的遠遊
那就連蛀蟲也叫不醒它

山河以北　舟車無跡
逸離日月的光軌之外
行腳迤邐若一雙逾淮的橘

孤寒而苦澀　回望根株浮於酸液　此岸成彼

鄧恩信使蚤子集納我們的血樣：
一種耽溺的症候　卻並非無關痛癢
口器鑷出細痕　英詩筆記內條格綿延空巷
遂再次出逃　五步抑揚

教授的咕噥漸已不聞　老鐘默數時日
水色復還暮靄　侵染另一束天光
初舞難以協韻　溫柔輕緩凌亂三拍子
拈花指扶持我臂　便覺自雲緣跌墮
髮鐲環上那腕　磕碰戳記凸似紋飾
夜露猶濡草莖未揭　涉月光而來踏過地底冷去的眠額

曳襪而去　步履印鑑湖面　碧琉璃沉澱兩尾金影
逐燐火而嬉　赴不踐之約賞玩伶仃

此際足底疊印了足背　凌虐着無恐的繾綣
石亂草頹銅像注目　足脛交互靈跡
藍綢裙自足為一穹廬
曾如何欺瞞舍監
斗室內在膝下私蓄一匹海

則我們是連生的南國舞俑
以椰為顱　沐風　晞髮　日飲暖陽
季候酷烈仍包藏甜心

廢園嵌入亡城　盲睛漠視千萬世

絳衣小兒解散其累屍之積木　轉弄骨笛
多竅如是裡　掘到良人　像掘起一枝蓮

【代後記】

若手與若蟲

楊君寧

祕密總是從地下起始，洞穴善於埋藏和守口不語。即使祇是尋常見的超市或商場負一層。負，意味著反向，也是承擔，引體向下，而後抵達某個看似公共開敞，卻仍可供個體匿跡的空間稍作停駐。

大約四年前的十二月，在某城某新興商業區域B1的書店一角，忽忽起心動念，想要借借誰人之眼，嘗試去觀看和講述特定時空一代人的生涯經歷。想來也是個不無臨時起興的念頭，然而當時在那段短小窄仄可供休憩坐讀的木樓梯上，有人確乎握過拳。就在不久前的六月初，因事重訪彼地，不忘在店裡攜回一隻金黃色玻璃壁的砂時計，彷彿風裡吹沙，搬移一整座丘體安置別地，新的時間量度由此啟動了。

海岸線無限延長就脫離延長線之限伸入海中，或自縮而反蜷成岬角，或壁勢千仞立為斷崖，頹敗線即逃逸線。字海無岸。宇宙是許願池而非寄物櫃。有些情結在縱其糾纏成更大的毛球之前，勢必破除。之於歷史和個人，同樣值得放手一搏。

曾不能以一瞬，啊，竟不能易一字。過了一定的時限，就連作者本人亦不得私闖邊境擅改本文，寫下的如同滲入地面的水痕，浸潤在此無法提另濾出。饒是再有多少邊角情思，都被格擋在警戒線外。並不是燒穿一個洞，就有機會綴補上一朵梅花。蛀齒的空缺可能一直虛位下去，那也由得它去罷。再看稿時也多半是在地下，一間可堂食的麵包店，兩年前十一假期曾於此讀完《四十朵玫瑰》。光線太昏黃，桌椅太落陷，總令人走神放空。從三月起斷斷續續重新校讀，細細鑷出字蝨，終於拖磨（脫模？）至不得不出手的六月底，唯餘零秒。

如同黃埔一期：「打贏的就升上將，戰死的就在圓山忠烈祠。」時間的箭矢有去無還。夕暮雷陣雨前攢聚的蜻蜓們照例亂飛得很低。「在生生滅滅的每一天裡，某某還是一個生手、新手。」文字的人間生徒，該當如是。

十七年前神祕自密閉之瓶中消失的小地老虎，而今安在？來者可追，過去寫下的字彷彿逃走之蟲，帶著紛亂的複腳匆匆爬開了。

二〇一五年七月二十三日於天津家中

是年八月八日立秋審定

九歌文庫 1199

奧森巴赫之眼

作者　楊君寧
責任編輯　張晶惠
創辦人　蔡文甫
發行人　蔡澤玉
出版發行　九歌出版社有限公司
台北市105八德路3段12巷57弄40號
電話／02-25776564・傳真／02-25789205
郵政劃撥／0112295-1
九歌文學網　www.chiuko.com.tw
印刷　晨捷印製股份有限公司
法律顧問　龍躍天律師・蕭雄淋律師・董安丹律師
初版　2015（民國104）年9月
定價　260元

書號　F1199
ISBN　978-986-450-015-4（平裝）
（缺頁、破損或裝訂錯誤，請寄回本公司更換）

國家圖書館出版品預行編目資料

奧森巴赫之眼 / 楊君寧著. – 初版. --
臺北市：九歌, 民104.09

面； 公分. -- (九歌文庫 ; 1199)

ISBN 978-986-450-015-4（平裝）

861.63 104015261